Karl Springenschmid

Am Seil vom Stabeler Much

AM SEIL
VOM
STABELER MUCH

ERZÄHLT VON
KARL SPRINGENSCHMID

BERGVERLAG RUDOLF ROTHER · MÜNCHEN

Einband und Initialen: Wilhelm Kaufmann, Salzburg
Kunstdrucktafeln nach Aufnahmen von
Heinz Müller-Brunke, Grassau

51. Auflage 1975
ISBN 3 7633 7023 4
Hergestellt in den Werkstätten Rudolf Rother, München
(1775 / 4727)

ie Baroneß stiftet das Seil

Der Bergführer Stabeler sitzt in seiner Stube und schwitzt.

Es würgt ihm den Hals. Das Herz springt hastig auf und nieder. Die Finger, die um das Weinglas greifen, zittern und der kalte Schweiß steht auf seiner Stirn.

Damals im Rosengarten, als er drei Kirchturm hoch in der Wand hing, an einem einzigen schlechten Griff, und ihm ein Steintrumm auf die Finger schlug, da lachte er „Oha!" Als er im Ortler damals im wütigen Schneesturm Tag und Nacht um sein Leben kämpfte und ihn die Trafoier Führer halberfroren aus der Eisspalten klaubten, da meinte er bloß: „A bissele kalt ischt es g'wesen!" Und als ihn später einmal die Ampezzaner Führer im Schuttkar der Croda auf die Bahre legten, schaute er bloß über die Wand hinauf, die er herabgefallen war, die Schulter verrenkt, die Knochen zerschlagen, griff nach Kopf, Händ und Füßen und sagte bloß: „Es fahlt weiter nix!"

Aber — Angst?

Es ist das erste Mal in seinem Leben, daheim in der Stube, daß ihn die kalte Angst schüttelt wie einen nassen Hund.

Er steht auf und schaut lange zur Stubendecke empor. Aber oben bleibt alles still.

Wieder greift er um das Weinglas und tut einen Schluck. Aber der Wein schmeckt ihm heute nicht, ein Zeichen, daß es weit fehlt.

Nun geht er mit großen Schritten in der Stube auf und ab.

Draußen vor dem Fenster ist die Dirn und läßt beim Brunnen den Kübel vollaufen. Der junge Postknecht drüben über dem Platz klopft seinem Schimmel auf die Hinterbacken.

Er kann es nicht verstehen, daß die Welt heute genau so ist wie immer. Wieder bleibt er stehen und horcht empor.

Es ist ihm, als habe er etwas gehört.

Mit zwei Sätzen ist er bei der Türe und ruft in den Gang hinauf: „Ischt was?"

Aber niemand gibt ihm Antwort. Er wischt sich mit dem Rockärmel über die Stirne und schaut wieder in seinen Wein.

So hockt er eine Weile.

Dann reißt er das Fenster auf und schreit zornig: „Dirn, der Kübel ischt voll!"

Die junge Dirn nickt schnell noch einmal dem Postknecht zu, der seinen Schimmel einspannt, und geht ins Haus.

Die Angst wird arg und ärger. Als alles vergeblich ist, nimmt er die Spielkarten, mischt sie und gibt aus. Ein Spiel für zwei. Er nimmt sein Blatt, zupft den Schellkönig heraus und spielt aus. Dann rutscht er über die Bank hin, hebt das andere Blatt auf und trumpft mit der Schellsau drüber.

„Gstochn!" sagt er.

Jetzt hat er wieder sein Blatt und legt den Herzzehner vor.

„Hiez brauchst halt an Buam!" sagt er zur andern Seite hinüber.

„An Buem?" murmelt er und erschrickt über seine eigenen Worte.

Ängstlich horcht er wieder zur Decke empor.

Dann schüttelt er den Kopf und haut mit harten Knöcheln den Herzbuben auf den Zehner hin.

„Buem grad gnue!" sagt er mit sicherer Stimme, um sich selbst Mut zu machen.

Da geht die Türe auf. Es ist der Romedi, der Neuwirts-Hausknecht.

„Hans", sagt er besorgt, „hiez schaug i dir schun a ganze Weil beim Fenster einer zue. Was ischt denn dös heut mit dir? Da hockst beim Wein und saufst nit und spielst Karten und spielst do nit und stichst dir deine Trümpf selber?"

Der Stabeler wischt das Kartenblatt zusammen.

Der Romedi klopft ihm freundschaftlich auf die Schulter. „Mensch, dir fahlt was", sagt er.

Der Stabeler schupft bloß die Achseln und schaut unsicher an dem Mannsbild auf und nieder.

Der Hausknecht setzt sich umständlich an den Tisch, nimmt das Glas und trinkt es leer. „Dem Weindl fahlt nix", sagt er und wischt sich den Bart, „fahln mueß es bei dir. Bal einer da brösltrucken neben dem Weinglasl hockt, wia a Häufl Elend, der ischt nit recht!"

Er beobachtet den Stabeler, wie er jetzt mit großen Schritten auf und ab geht.

„Hans, bischt epper krank?" fragt er.

„Krank nit", sagt der Stabeler. Als er wieder einen angstvollen Blick zur Decke emporwirft, schießt dem Romedi ein Blitz ins Hirn: „Ah so!" lacht er, „Fuchs-passen tuest!"

„Bscht", tut der Stabeler, „nit so laut!"

„Ja, Hans, da kimm i hiez woll ung'legen", meint der Romedi, „ischt epper besser i geh zum Kaßlatterer. Aber die Baroneß — du woaßt ja, wia sie ischt. „Der Johannes!" hat sie gsagt, „der Johannes mueß her, koa anderer!"

„Ah", stöhnt der Stabeler, „hiez kimmt dö aa no, grad hiez!"

„Grad hiez, sozusagen stantipedi!"

„Stanti . . . pedi", ächzt der Stabeler und holt einen brunnentiefen Seufzer herauf, „kannst ihr nit sagen, sie soll a bissele warten? Es dauert ja nimmer lang. Der Johannes ischt grad mitten im Passen, im Fuchspassen sagst —, dös versteht sie woll, mueßt es halt schian manierlich sagen. Er kimmt nacher glei sagst, sie soll daweil no a bissele niedersitzen bis es vorbei ischt!"

„Die Baroneß wartet nit", lacht der Hausknecht, „dö will heut no aufm Haunold!"

„Ah, du Sakrawoltstuifele! Für den Haunold zahlt sie fufzehn Gulden und den Wein extra!"

Der Hausknecht schüttelt den Kopf. „Bleib du lei da und tue passen, Hans", sagt er, „i geh halt zum Kaßlatterer. Der hat eh no nia so an fetten Brocken an sein Seil g'hängt!"

Der Romedi sieht, wie den Stabeler der Zweifel packt. Er greift nach der Tür.

„Wart", stöhnt der Stabeler.

„Woaßt, Hans, dös sein dem Kaßlatterer die liebsten, die leicht wia a Federl am Seil hängen, aber pfundschwar zahln!"

„Mir aa", seufzt der Stabeler. Dann rafft er sich auf und tritt hinaus in den Gang. Behutsam steigt er die Stiege empor, schleicht hin zur Schlafkammer und nimmt vorsichtig die Türschnalle zwischen die Finger.

Es ist alles still drinnen.

„Bscht", macht er zu sich selber, drückt die Schnalle nieder und schiebt sich, so heimlich es geht, durch den Spalt.

„Um Gottschristiwillen, was will denn dös Mannsmensch da!" zischt die alte Mooshäuslerin, die zwischen Schüsseln und Zubern sitzt und geduldig den Rosenkranz betet, „es ischt ja no nix!"

„Bscht", deutet der Stabeler und tritt an das Bett.

„Mari", sagt er heimlich.

Da schlägt das junge Weib die Augen auf und schaut eine Weile den Mann an.

„Hans", sagt sie und lacht ein wenig, „du schwitzt ja!"

„Bal es so viel warm ischt da herinnen", sagt der Stabeler und wischt sich über die Stirn.

Dann nimmt er ihre Hand sorgsam in seine groben Finger.

„Wia ischt es?" fragt er nach einer Weil.

„Allweil gleich", sagt die Mooshäuslerin schnell und das Weib nickt: „Allweil gleich."

„Mari", würgt der Stabeler hervor, „es kimmt alles z'samm heut. Der Romedi ischt kemmen und sagt, daß die Baroneß da ischt. Sie möcht, i soll sie auf den Haunold führn!"

„Die Baroneß därfst nit stehn lass'n", sagt das Weib, „dö ischt unser böschte Kundschaft."

„Wia du halt moanst, Mari", sagt der Stabeler, „nacher mueß i woll gehn!"

Er drückt ihr die Hand. Dann greift er nach der Türe.

„Mooshäuslerin", sagt er heimlich, „tue achtgeben, was i dir schaff, daweil i mit der Baroneß aufm Haunold bin: Bal es a Bue ischt, nacher hängst den blauen Kittel aufm Söller außen und bal es a Madel ischt, den roten."

— — — — — — — — — — — — —

Was ist das für ein goldener Tag! Die Morgensonne scheint auf die breiten Schindeldächer, die noch naß sind vom Tau der Nacht. Das ganze Dorf fängt zu dunsten an. Der Sonnenschein zittert in der Luft. Draußen, wo reif und schwer die Kornfelder der Innicher Bauern stehen, kriecht noch der letzte Morgennebel das Pustertal hinaus. Über den Äckern aber steht die Luft schon rein und ist voll von dem hellsten Lerchensang. Dunkel steigt der Bergwald auf. Durch den letzten zackigen Saum der Zirben leuchten die Türme des Haunolds herab und darüber ist der schönste Sommerhimmel.

Die Baroneß springt daher, sie spitzt den Schnabel und pfeift schulbubenmäßig, sie schürzt den Rock und rennt in das nasse Gras, und wenn ihr auch der Stabeler langmächtig das Gattertor aufhält, klettert sie keck daneben über den Zaun. Sie kann nicht einen Schritt lang auf dem Weg bleiben. Bald ist sie vorn, bald ist sie hinten und weiß nicht wo aus, wo ein, mit ihrem Übermut.

„Goaß, damische", denkt der Stabeler und sagt: „Baroneß, tue aufm Weg bleiben!"

Aber die Baroneß steht mitten im Schütthofbauer seiner schönen Hauswiesen drinnen, rupft etliches Gras aus und springt damit dem Stabeler nach, der, den Rucksack mit dem Seil hintoben, mit weitausgreifenden Schritten den Bergweg hinaufrennt.

„Johannes", ruft sie und hält den Strauß an ihr Mieder, „was steht mir besser, Margariten oder Vergißmeinnicht?"

„Na", sagt der Stabeler, bleibt stehen und schaut zurück ins Dorf.

„Welche?" fragt die Baroneß.

„Die andern!"

Da schüttelt sie verwundert den Kopf und betrachtet ihn lange, wie er da steht und an ihr vorbeischaut hinunter ins Tal. Sie sucht seinem Blick zu folgen.

„Das Dorf ist noch im Nebel", sagt sie.

„Dös sieh i selber", brummt der Stabeler und greift wieder aus.

Die Baroneß musterte ihn wieder eine Weile und steckt die Vergißmeinnicht ans Mieder. Dann aber zupft sie ihre Margarite aus und ruft laut: „Er liebt mich!"

„Er liebt mich!" jubelt sie um den finsteren Johannes herum, vorn, hinten, überall.

„Und wissen Sie wer, Johannes?" fragt sie schließlich.

„Dös ischt mir wurscht", sagt der Stabeler.

„Mir auch", lacht die Baroneß, „ich weiß es ja selbst nicht, wer mich liebt! Drum freu ich mich ja so, Johannes. Er — das ist der Wald, der Berg, der liebe Gott, die ganze Welt, alles! Alles liebt mich, alles!"

„Alles?" fragt der Stabeler, „der Schütthofbauer aber gwiß nit!" Denn sie springt schon wieder mit wehenden Locken und ausgebreiteten Armen in die Wiese hinein, tanzt in dem schönen Futtergras herum und rupft wieder einen Buschen Margariten ab.

Ehe der Stabeler in den Wald tritt, wirft er noch einen schnellen Blick hinunter in das Tal. Es kann ja nicht mehr lange dauern, bis die Sonne den Nebel aufgebrannt hat. Über dem Wald muß der Blick frei sein und dann wird sich ja erweisen, wie alles ist.

So springt der Stabeler in großen Sätzen, flink wie ein Hirsch, in den Wald hinein und den steilen, steinigen Weg hinauf, daß die Baroneß keuchend hinterdrein stolpert.

Wie sie ihn endlich einholt, löst sie ihr blaues Busentuch und wirft es ihm von hinten um den Hals.

„Ziehen, Johannes!" keucht sie.

„Siehst es, Goaß, damische, hiez kimmst nimmer weiter", denkt der Stabeler und sagt: „So nit, Baroneß, anders!"

Er wirft etliche Seilschlingen ab, sie hält sich am Ende an und so zieht er sie über den Waldweg hinauf.

„Langsam, Johannes", keucht sie, „langsam!"

Endlich nimmt der Wald ein Ende und tut sich auf. Mit einem Satz schnellt der Stabeler aus den letzten Bäumen heraus und späht hinunter ins Tal, das jetzt klar und sauber ist.

Die Baroneß fliegt im Bogen hinterher und sinkt völlig erschöpft in die Moosbeerstauden.

„Nix", stöhnt der Stabeler, „no allweil nix."

Dann wendet er sich zur Baroneß. „Es flunkezt mir alles so vor meinen Augen, i woaß nit, was dös ischt", sagt er, „Baroneß, hiez schaug amol du, du hascht die jüngern Augen. Woaßt woll, wo mei Häusl ischt, glei entern Bach. Siechst du aufm Söller eppas hängen? Eppes Blaues, ha? Oder eppes Rotes?"

Die Baroneß schaut auf, aber nicht ins Tal, sondern auf den Stabeler und fragt: „Was soll denn hängen?"

„A Kittel, a weiberner!"

Da schüttelt sie ihre Locken und will wissen, was das alles bedeutet. „Du siechst ja aa nit mehr wia i!" brummt der Stabeler. Sonst sagt er nichts mehr und richtet sich wieder zum Gehen.

Die Baroneß ist jetzt voller Neugier. So oft er sich umdreht und, die Hand über die Augen schattend, hinunterschaut ins Tal, bestürmt sie ihn mit Fragen. Aber er tut jetzt überhaupt das Maul nicht mehr auf.

Wie sie schon die längste Zeit in den Felsen klettern und es einmal so ist, daß der Stabeler in einem engen, finsteren Riß stehen muß, aus dem er nicht heraussehen kann, während die Baroneß eine halbe Seillänge über ihm frei auf einer Kanzel steht, ruft sie ihm hinunter: „Der blaue Kittel hängt, Johannes!"

Da schreit der Stabeler: „Nacher ischt es a Bua!"

Und steht mit einem Satz auf der Kanzel. „Wo?" fragt er, und schaut scharf hinunter ins Dorf, „i . . . i sieh . . . nix!"

„Ach, Johannes", seufzt die Baroneß, „verzeiht . . . ich wollte doch nur wissen . . . es war ein Scherz . . ."

Sie schaut den Stabeler an, wie er das Himmelkreuzdonnerwetter, das ihm schon in der Kehle steckt, hinunterwürgt und wieder in die Felsen greift.

„Johannes", sagt sie ganz sanft, „nicht bös sein . . . es ist schwer, ich verstehe. Aber . . . wenn es ein Mädel wird, heb ich es aus der Taufe!"

Da schaut der Stabeler zweifelnd auf.

Aber die Baroneß nickt ernsthaft mit dem Kopf.

Da tanzt es dem Stabeler langsam vor den Augen. Er sieht die Baroneß vierspännig daherfahren in der noblen Kutschen vom Adlerwirt. Sie ist ganz in Samt und Seiden und hat das Kind auf dem Arm, sein Kind. Die Kutschen fährt durch das Dorf, wo die Leute ihre Köpfe aus den Fenstern recken. Vor der Kirche schnalzt der noble Kammerdiener mit der Peitschen. „Brrr", tut er, die vier Apfelschimmel bleiben stehen und der Herr Pfarrer tut selber den Schlag auf. Die Baroneß, schön wie ein Engel, trägt das Kind in die Kirche. Und wie der Herr Pfarrer ins Taufwasser greift und spricht: „Patin, ich frage dich: Wie soll das Kind heißen?", da schlägt die Baroneß die Augen auf, die so blau sind wie der Himmel, und sagt: „Rolanda."

„Rolanda Stabeler, dös tuet anders nobel", denkt er stolz in einem fort, während er über das Gipfelband hinübertraversiert zur letzten Wand.

Dann aber plötzlich, mitten im Überhang, fragt er in die Wand empor: „Baroneß, und was gschiecht, bal es a Bue ischt?"

„Was soll der Bub dann einmal werden?"

„A Bergführer, versteht si, wia sein Vater."

„Dann kriegt er ein prima Seil, ein gedrehtes natürlich, beste Qualität, fünfundzwanzig Meter!"

„Vergelt's Gott, Baroneß", sagt der Stabeler schnell und klettert nach.

Sie kommen auf den Gipfel.

Es ist so wunderbar schön rundum, daß die Baroneß lautmächtig zu singen anhebt. Die Dreischusterspitze reckt ihre kühnen Grattürme auf, drüben stehen die wilden Plattenstürze des Birkkofels und die Elferschneide blinkt in der Mittagssonne. Im weiten Kranz liegen alle die andern Tiroler Berge, vom Ortler bis zu den Zillertalern, vom Cristallo bis zum Spitzkofel, alles ist da.

Der Stabeler aber hockt beim Gipfelkreuz, schaut hinunter in das Tal und paßt auf das Signal.

„Mari", murmelt er einmal ums anderemal, „Mari, tue di beeilen, sünst ischt alles vertan, die vierspannige Kutschen und die Baroneß in Samt und Seiden und

15

dös prima Seil, Mari, beste Qualität, hat sie gsagt, fünfazwanzg Meter . . ."

Die Baroneß hat noch immer die Arme ausgebreitet und singt.

„I hab koa Rast und koa Rueh nit", seufzt der Stabeler, „i steig a bissele in die Ostwand und hol an Edelweiß für . . . für mein Buem, oder was es halt wird . . . tue mir nit so umspringen, Baroneß, und koane Dummheiten machen daweil, kimm!"

Er nimmt das Seil kurz und bindet die Baroneß auf etliche Meter am Gipfelkreuz fest.

„Gscheit sein, Baroneß", sagt er, während sie übermütig rundum springt und lacht. „Goaß, damische", denkt er, „hiez bischt anpflöckelt. Waar ja schad, bal du hiez ausfallen taatst. Die Kramerthres waar koa so noble Taufpatin nit wia du. Dö fahret nit vierspannig, dö ganget z'Fueß!"

Dann greift er in die rauhen Zacken der Ostwand und brockt die schönsten Sterne aus den Felsen.

Einen schönen Buschen voll.

Da — mitten in der Wand — „Hiez!" schreit er.

Dann macht er ein Kreuz und betet mit einem endstiefen Seufzer: „Gott vergelt's, Mari . . . hiez ischt es vorbei . . . tausendmal Gott vergelt's . . ."

„Blau!" jauchzt die Baroneß oben auf dem Gipfel.

„Woll, blau, Baroneß!"

„Also ein Bub, Johannes, ein Sohn, ein junger Stabeler!"

„Ja, Baroneß, a Bue . . .!"

„Aber . . ."

Die Baroneß zieht das Spektiv weiter aus, dreht an den Schrauben, setzt ab, schaut wieder und schüttelt den Kopf. Der Stabeler, den Edelweißbuschen zwischen den Zähnen, klettert empor zum Gipfelkreuz.

„Was denn . . . aber?"

„Ich weiß nicht, Johannes . . . es flimmert so . . . ich sehe doppelt, zweimal blau!"

Der Stabeler dreht lange an dem Spektiv. Dann setzt er ab und schaut die Baroneß an.

„Es sein zwoa blaue Kittel aufm Söller", sagt er, „epper, damit mier halt dös Signal besser söchen . . ."

Die Baroneß schüttelt den Kopf und steht auf. „Johannes", sagt sie, „das bedeutet: Zwillinge!"

„Epper . . . do nit."

„Gewiß, Johannes! Also zweimal ein junger Stabeler, und jeder mit einem prima Seil, gedreht, beste Qualität, je fünfundzwanzig Meter!"

Die Baroneß streckt ihm die Hand hin.

Da schlägt er ein und lacht.

Es ist das erste Mal seit vielen Tagen, daß der Stabeler wieder lacht.

Vivat hoch, der Much und der Joch

Ein Stück draußen vor dem Dorfe, in dem Berghang, der zum Haunold aufsteigt, liegt eine Wand. Es ist weiter gar nichts Besonderes an ihr. Eine breite, massige Felsstufe, wie es Tausende gibt in der Gegend, von Wind und Wetter zerschunden, vom Wasser zerrissen, aus dem gleichen Kalk, aus dem hier die ganze Welt gebaut ist, nicht viel höher als der Innichner Kirchturm. Der gleiche Lärchenwald, der am Fuße ansteht, geht oben, wo die Wand aufhört, weiter, so daß die Fremden gar nicht viel davon wissen, was in dem Wald eigentlich ist. Und überhaupt, auch wenn sie es wüßten — in einem Lande, wo der Haunold seinen verwegenen Westgrat aufreckt und die Dreischusterspitze ihre wilden Wände, beugt jeder den Kopf weiter zurück und staunt zu jenen gewaltigen Wänden empor, für die der Innichner Kirchturm nur mehr ein schlechtes Maß abgibt.

Und doch wäre manche von den großen Dolomitenwänden nicht bezwungen worden, wenn nicht die kleine, unscheinbare Felswand im Schütthofbauer seinem Lärchwald stünde.

Denn sie schaut mitten auf den Dorfplatz hinein, sie steht in allen Fenstern und jedes Innichner Mannsbild hat sie von klein auf vor Augen. Seit überhaupt Menschen in die Felsen steigen, schliefen die Dorfbuben über die Wand und jeder, der Hosen hat, wird danach gemessen, wie hoch er dabei hinaufkommt.

Wer die Wand bezwingt, ist der König. Der letzte war der Schluiferer Steffele am Jakobitag vor zwei Jahren. Aber als ihn die Buben, wie es Brauch ist, im Triumphzug ins Dorf geleiteten, wurde er von seinem Vater mit zwei schallenden Watschen empfangen, beide auf die gleiche Seite, und weil der Schluifererbauer zugleich der Gemeindevorstand ist, hielt er an die versammelte Dorfjugend folgende Ansprache: „Os Luederbueben, ös nixnutzigen! Dös ischt ja der reinste gottversuechete Selbstmord, was ös da treibt und bal mir hiez no amol so a Hallodri in die Wand steigt, nacher laß i'n mit der Feuerwehr oberspritz'n!"

Seither sagen die Innichner Buben: „Auf, Bueben, gehn m'r selbstmorden!" und wenn einer haushoch oben hängt in den Felsen und nicht mehr vor und zurück weiß, schreien sie: „Tue weiter, sünst kimmt die Feuerwehr!"

In der Wand aber geht alles nach der alten Ordnung weiter.

Die ganz kleinen Hascher, die Schaflbuben, die noch nicht das richtige Maß und Alter zum Schulgehen haben, denen die lodene Hosen weit um die Knie schlottert und oben unter den Achseln zusammengeht, schliefen den Einstieg hinauf und tappen die ersten Griffe empor, die von ihren schwitzigen und immer schmierigen Händen rutschig sind und glänzen wie der fette Speck. Einen halben Baum hoch oben, auf einer kleinen, schrägen Fläche, die das „Schaflbuebenplatzl" heißt, bleiben sie schnaufend stehen. Das Herz hüpft, der Pulsschlag springt durch die Finger, die Luft bleibt schier aus und brennrot wird ihnen der Kopf vor Anstrengung und Stolz. Und dann schauen sie zwischen den lodernen Hosenröhren hinunter in die „schwindelnde Tiefe", sprachlos eine Weile, bis sie als erstes Wort „Höllsakra" sagen, voll Verwunderung, daß sie so hoch heroben sind. Dann fassen sie die Griffe fester, spucken in die Tiefe, beugen den Kopf zurück und schauen die Wand empor. Aber der Fels drückt seinen dicken Bauch heraus, glatt und feindselig. So sehr sie sich strecken, den nächsten Griff können sie nicht erreichen, bevor sie nicht das größere Maß haben.

Die nächsten, die richtigen Schulbuben, lachen bloß und rennen, flink wie die Eichkatzln, bis zum „Schaflbuebenplatzl" empor. Wenn ihnen so ein kleines Halterbübl im Weg ist, dem steigen sie über den Buckl drüber, weil zum Ausweichen kein Platz ist. Was ein richtiger Schulbub ist, der tut überhaupt auf der ganzen Schaflbubenroute die linke Hand nicht aus dem Hosensack und macht die „Tour" einhändig. Für sie, die Schulbuben, geht erst beim „Schaflbuebenplatzl" die Wand richtig an. Sie stellen sich eng auf den Vorsprung hin, recken sich auf, daß sie lang und länger werden und klammern ihre Finger alle um den kleinen, mageren Griff, der über dem Felsbauch heraussteht. Dann ziehen sie sich über die glatte Wand auf, schieben mit den Knien nach, kriechen mit der Brust, mit dem Bauch über den Griff drüber, knien mit dem rechten Knie drauf, stellen den linken Fuß hin und greifen empor zum schwarzen, nassen Riß. Dann ist alles gewonnen. Im Riß dann Buckl und Knie verspreizen und ruckweise aufwärts bocken, dann ausgreifen und über die plattigen Schrofen hinauf zu der jungen, grünen Lärche, die aus dem Spalt herauswächst. Das ist das „Schuelererplatzl". Dort bleiben sie stehen, wischen das Blut von den Händen in die Wand, schütteln die Haarzotten aus dem Gesicht und schauen haustief hinunter zum Einstieg. Das Herz klopft ihnen in den Schläfen und wenn sie daran denken, wie sie über den Felsbauch hinunterschliefen müssen, wird ihnen eine Weile lang schwindlig vor den Augen. Aber dann nehmen sie doch das alte Kasmesser aus dem Sack und schneiden voll Stolz die Anfangsbuchstaben ihres Namens in den Stamm der Lärche. Während sie rittlings bei dieser Arbeit dort sitzen, tun sie sogar schon einen kecken Blick nach der Seite hinüber zur berühmten Hangelstelle, mit der die Wand weitergeht.

„Wöck da!" sagen die richtigen Burschen, wenn sie leicht wie die jungen Gemsen heraufgestiegen kommen zum „Schuelererplatzl". Da rücken die Schulbuben eng an die Wand und schauen, Augen und Maul weit aufgerissen, zu den Burschen hin, wie sie mit beiden Händen in die schmalen, waagrecht laufenden Fugen hinaufgreifen und dann — die Buben halten erschrocken den Atem an und fassen unwillkürlich ihre eigenen Griffe fester — mit einem Ruck sich hinausschwingen in die freie, überhängende Wand, nichts als die schmalen Griffe in den Fingern und unter sich den schwarzen Abgrund, aus dem die Wipfel der höchsten Lärchen heraustehen. Aber die Burschen hängen richtig in der Luft, wechseln langsam Griff um Griff, hangeln die drei Meter hinüber, spreizen zum ersten Tritt und lachen zu den Schulbuben herüber, die noch immer voll Schrecken auf ihrem Platz kleben und das Maul nicht mehr zubringen. Die Burschen aber klettern ein Stück auf, tanzen über ein schmales Band und turnen zu einer breiten Nische hinauf, „Burschenloch" genannt. Dann werfen sie die Schuhe über die Wand hinunter. Schnell ziehen die Schaflbuben unten auf ihrem Platz die Köpfe ein und zählen. Und nach dem letzten Schuh und Strumpfsocken, der über die Wand herunterkommt, steigen sie alle, Schaflbuben und „Schuelerer", schnell über die Wand ab und klettern in die Lärchen; denn die Schuhe, die über die Wand geflogen sind, geben das Zeichen, daß die Burschen heute das Schlußstück angehen, die letzte Wand, die nur bloßfüßig zu packen ist.

Es ist nicht mehr sicher, wie der Schluiferer Steffele getan hat.

Er war allein oben im „Burschenloch", wie er die Wand bezwungen hat und die andern, die unten standen, konnten ihm nicht genau Griff für Griff abschauen. Wenn aber jetzt einer den Steffele um die Wand fragt, schupft er bloß geringschätzig die Achseln und lacht: „Suechts enk lei selber den Ausstieg, i hab ihn aa suechen müessn!"

Die Burschen oben im Loch beugen den Kopf nach hinten und schauen über das letzte Wandstück empor. Dann stellt sich einer breitverspreizt hin und der Kaßlatterer Girgl steigt ihm auf die Knie und Schultern, greift den glatten Fels ab und sucht einen Griff.

Da heben die Buben unten in den Lärchen zu schimpfen an: „Der Girgl därf nit! Der Girgl ischt a Schwindler! Zruck mit'm Girgl!"

„Maul halten, ös Dröckvögel da unten!" schreien die Burschen oben.

Aber das macht die Buben noch wilder; denn es ist erwiesen, daß der Kaßlatterer Girgl vor drei Tagen mit einem Seil, das er oben um einen Baum gebunden hatte, hinuntergerutscht war bis zum „Burschenloch", um den Ausstieg zu erkunden.

„Der Girgl mueß wöck! Der Girgl gilt nit!" schreien die Buben voll Zorn, „der Girgl hat mit'm Seil g'arbeit!"

„Laßt'n lei", sagen die beiden Stabelerbuben, die zu höchst im Wipfel hocken.

Die drei Helfer, die sich der Girgl mitgenommen hat, stemmen ihn höher hinauf. Er schwankt eine Weile und fuchtelt mit den Armen. Dann tappt er die Wand ab, so weit er reichen kann, findet aber keinen Griff.

Jetzt nimmt er etwas aus den Zähnen, das in der Sonne blitzt. Die Burschen reichen ihm einen Hammer hinauf. Dann nagelt er einen Stift in die Wand.

Hell klingen die Schläge durch den Wald und weit in das Dorf hinaus.

Die Buben sind eine Weile völllig sprachlos über soviel Schlechtigkeit. Dann aber schreien sie alle, wild vor Wut: „Die Wand därf nit verstiftelt werden!"

Und: „Außer mit dem Eisen!"

„Dröckspatzen, da unten!" schreien die Burschen oben und, was sie an Schutt und Erden zusammenkratzen können, werfen sie hinunter auf die Buben.

„Gehn m'r in' Wald auen, über die Wand!" schreit einer von den Buben, „schmeiß' m'r den Girgl aus die Felsen, den Stiftler, den lötzen!" Schon schwingen sich etliche aus den Ästen.

„Laßt'n lei", sagen die beiden Stabelerbuben zu höchst oben auf der Lärchen in ihrem Nest.

Sie sehen alle, wie der Girgl an dem Stift rüttelt und versucht, ob er hält. Dann zieht er sich langsam auf, hängt mit dem Ellbogen in dem Stift, mit der Schulter und pendelt eine Weile über der bauchigen Wand. Jetzt stemmt er den Fuß gegen den Felsen, macht einen spitzigen Katzenbuckel, schnellt hoch und bringt ein Knie über den Stift. Keuchend hält er ein.

Atemlos gaffen die Buben empor.

Nun preßt er sich hart an die Wand und richtet sich langsam auf. Wie er in seiner ganzen Länge auf dem Stift steht, putzt er den Griff über sich aus. Ein Stein springt weit im Bogen herab.

„Ist er schon oben?" fragen die Burschen im Loch, die ihn nicht mehr sehen können.

„Glei", sagt einer unten, „aber es gilt nit. Der Kinig därf nit stifteln. Der Steffele hat aa nit g'stiftelt!"

„Laßt'n lei", sagen die beiden Stabelerbuben ruhig.

24

Er hat nur mehr etliche Meter. Aber er kommt nicht mehr weiter. Nach allen Seiten greift er in die Wand und findet nichts, an dem er sich halten könnte. Er wechselt den Stand, weil der Platz zu schmal ist, auf dem er kniet.

„Sakrawand, verdammte!" flucht er.

Dann beugt er sich nieder und rutscht auf seinen Stift zurück.

Da hebt das ganze Innichner Bubenvolk, das schon lange auf den neuen König wartet und keinen kriegt, hellauf zu lachen an und springt übermütig in den Ästen auf und nieder. Einer spottet hinauf: „He, Stiftlerkinig, tue gschwind! Der Burgermoaster kimmt mit der großen Spritzen!"

Und „tra-ra" bläst das ganze Volk.

Die Burschen oben greifen in die Höhe und heben den Girgl herein ins Loch. Dann steigen sie ab. —

Wie der Girgl am Abend heimzu gehen will, kommt ihm die ganze Schar nachgesprungen, und die beiden Stabelerbuben pflanzen sich vor ihm auf.

„Girgl", sagt der eine, „du hascht eppes vergessen!"

„Daß i dir oane oberhauen sollt", sagt der Girgl zornig und zieht auf.

„Ja, dös hascht aa vergessen, weil du di nit traust; aber no eppes anders!"

Und hält ihm, sauber in Papier gewickelt, etwas hin.

Der Girgl, stierwild, greift um den Stift und schleudert ihn in die Wiesen.

„Es ischt lei, daß unser guete Wand nit verstiftelt wird!" meinen die Stabelerbuben.

Am nächsten Sonntag, ehe noch der Morgen völlig heroben ist, hält ein sauberes Stadtwäglein vor dem Stabelerhaus und vom Sitz springt, katzenleicht, eine kleine, ungleiche Mannsgestalt, der bürgerliche Schneidermeister Sylvester Küchlhofer aus Lienz, ein weitschichtiger Vetter von der Stablerin. Er tritt in den Hausgang, stellt den Buckl spitz in die Luft, schiebt das längere Bein vor und krächzt über die Stiege: „Hö, Vetterle, auf!"

Und dann sitzt er mit dem Stabeler in der Stube beinander und beredet den Handel.

„Tüen m'r schaugn", sagt er schließlich.

Da schiebt die Stablerin die beiden Buben in die Stube herein.

„Dös ischt der Jakob, der Joch", erklärt sie, „und dös ischt der Michael, der Much!"

Den Schneider stößt der Schnaggl. Er springt in die Höhe und schüttelt sich vor Lachen: „Wia kennst denn du dö ausnander?" kichert er.

Dann schleicht er, bucklig wie ein schiefer Kater, um die beiden Buben herum, die steif wie die Holzstöcke mitten in der Stube stehen und keinen Muckser machen.

„Zwoamal die gleiche spitzige Nasen", stellt er fest, „zwoamal die gleichen wasserblauen Augen, zwoamal die gleichen fuchsroten Haar!"

Er schüttelt sich, daß der Buckel auf- und niedersegelt und der dicke Vogelkopf bald auf die eine Seite schnappt, bald auf die andere.

„Wunderlich, was unser Herrgott für G'schöpfln hat!" krächzt er.

Dann tippt er mit seinen langen, dünnen Schneiderfingern den Buben auf die Stirne und sagt: „Stabeler, i wett a Buttele Wein! Sie haben gleichviel Sommersprösseln im G'sicht, deine zwoa Büebelen, der Joch wia der Much!"

Und wieder schleicht er spitzbucklig um die Buben herum und lacht: „I find da gar koan Schiedunter nit!"

Dann hockt er im Schneidersitz auf seinem Stuhl und alle schauen ihm zu, wie er die Finger an den Lippen naß macht und tut, als müßte er einen endlosen Faden zwirln, wie er dann das linke Auge zudrückt und haarscharf durch das Nadelloch zielt, wie er mit der rechten Hand in die Luft schießt und schreit: „Eing'fadelt ischt, Stabeler!"

Und streckt dem Stabeler die Hand hin.

„Welchen nimmst nacher?" fragt der Stabeler zögernd.

„Welchen du mir gibst!" sagt der Schneider, „es ischt ja oaner wia der ander!"

Da kratzt sich der Stabeler auf dem Kopf, wo ihm die Haare ausgehen und meint: „Tüen' mr's nach der Fruehmeß aushandeln, Vetter!"

Während der lange, bartige Kapuziner bald auf der Epistelseiten steht, bald auf der Evangeliseiten, denkt der Stabeler einmal „Joch", dann wieder „Much" und wird mit dem Denken nicht fertig:

„Kraft ham sie alle zwoa. Schneidig sein sie alle zwoa. Aber fressen tuen sie aa, alle zwoa, ganze Fueder, daß einem angst und bang werden könnt. Also mueß oaner wöck von der Freßkrippen.

Beim Schneidervetter lebt einer nit lötz. Kost und Gwand und alle Monat an Gulden drauf, dös ischt nobel. Und allweil die böschte Herrenarbeit, dö a saubers Trinkgeld gibt.

Der oane Bergführer, der andere Schneider, so ischt es beschlossen, aber der wölle für den Eispickel, der wölle für das Bügeleisen?"

Der Vetter steht schon vor der Kirche und blinzelt schief auf die zwei Buben hin.

„Stabeler", sagt er und fingert einen Gulden aus dem roten Geldbeutel, „machen m'r den Handel kurz: Schmeiß i Kaiser, nacher gibts mir den Much, schmeiß i Doppeladler, gibst mir den Joch."

Und schon wirbelt er die blinkende Münze in die Luft.

„So nit", sagt der Stabeler, „dös ischt unchristlich, Vetter!"

Der Schneider zieht den Beutel auf und kichert eine Weile. Dann zupft er an seinem dünnen Bart und blinzelt wieder zu den Buben hin. „Hebt mir den Gulden auf, Büebelen!" sagt er, „wer ihn z'erscht aufklaubt, därf ihn g'halten — als Angeld!"

Die Buben stehen bei der Friedhofmauer, wie in den Boden gewachsen, und rühren sich nicht.

Da schüttelt der Schneider seinen Kopf, schiebt das längere Bein vor und fingert den Gulden selbst vom Boden auf. „Einspannen!" schreit er über den Platz, „i fahr wieder!"

„Wart lei, Vetter", sagt der Stabeler, „mier werden hiaz glei den richtigen ham. I mueß lei die Schwindelfreiheit no ausprobieren. Dös ischt bei an Bergführer allmol dös Erschte!"

Dann winkt er den Buben und steigt mit ihnen die Staffeln hinauf zum Kirchturm.

„Marsch!" schreit er die Buben an und schiebt sie über die Leitern hinauf.

„I hab nix tan, Vater", sagt der Much und hält schützend die Hand über seinen Haarschopf.

„I aa nix!" sagt der Joch.

Der Vater schweigt. Über die Glockenstube steigt er hinauf, bis zum höchsten Windloch. Dann faßt er den Much hinten beim Hosenbund, wie man eine Katze aufhebt bei der Bucklfalten, und schwingt den Buben hinaus in die freie Luft.

Der Much läßt geduldig Händ und Haxen hängen und wartet. Als er noch immer keinen Muckser macht, beginnt ihn der Stabeler hin- und herzuschwingen.

Endlich, nach einer Weile, sagt der Much: „Vater —"

„Hiez kimmts", denkt der Stabeler.

„Vater, dem Kirchenwirt sein d'Säu auskemmen!"

„Der Much ischt es nit!" denkt der Stabeler und stellt ihn wieder in die Turmkammer. Dann schwingt er den Joch aus dem Windloch hinaus.

Der Joch hängt eine Weile still über der Tiefe, dann fragt er: „Vater?"

„Was willst?" fragt der Stabeler schnell, „bischt epper türmisch?"

„Vater, tuet mi aa so hutschen wie den Much!"

„Hutscht enk selber!" brummt der Vater, stellt den Joch wieder nieder und stapft die Stiegen herunter.

„Vetter", sagt er unten zum Schneider, „gar so gnätig wird der Handel nit sein. Hiez ischt amol Zeit zum Knödelessen, kimm!"

„I hab schun gmoant, du schmeißt mir oan ober", meint der Schneider.

„Na", sagt der Stabeler verdrossen, „es schwindelt koaner."

Die Buben stehen hinter der Friedhofsmauer und beraten.

„Kennst di aus?" fragt der Joch.

„Auskennen?" schreit der Much. „Willst epper du dein ganzes Leben lang mit untergschlagne Haxn auf der Schneiderbudel hocken, bis dir die Fueß einschlafen für allweil und ewig?"

„Na", sagt der Joch dumpf.

„I aa nit", sagt der Much.

Eine Weile ist es still in den Stauden.

Dann springt der Much auf. Er beißt die Zähne aufeinander, ballt entschlossen die Fäuste und sagt: „Mier müessn dem Vater zoagn, was mier künnen."

— — — — — — — — — — — — — — — —

Am Nachmittag, mitten in der stillen Zeit, wie der Stabeler mit dem Schneider auf der Hausbank hockt, die Pfeifen raucht und dabei noch einmal den ganzen Handel überlegt, wie er schon, weil ihn der Zweifel so schnaufen und schwitzen macht, völlig dafür ist, daß der Schneider sein Guldenstückl in die Luft wirft — „Kopf oder Adler", „Joch oder Much" — ist auf einmal die ruhige Gegend voller Lärm und Geschrei. Der Wald jodelt und jauchzt, die Felsen hallen wider, voll Peitschenknall ist die Luft und „Vivat hoch!" schreit die ganze Welt. Aus dem Lärchenwald ziehen die Dorfbuben herab. Sie werfen ihre runden Hütln in den blauen Himmel, daß die langen, weißen Hahnfedern tanzen. Sie schwingen ihre grünen Joppen wie Fahnen über dem Kopf und blasen und schlagen die schönste Schützenmusik.

„Was ischt?" fragt der Schneider und schiebt den spitzen Buckel vor.

Über die Felder her jauchzt der ganze Zug.

„Was schreien sie?"

„Loos lei!" sagt der Stabeler.

Jetzt schwenkt der Zug in die Dorfgasse ein.

„Hui jucho!
Der Kaiser ischt do!
Der Kinig daneben!
Dö sollen leben!"

Und dann hallt es über das ganze Dorf hin:

„Vivat hoch,
Der Much und der Joch!"

Jetzt ziehen sie alle über die Brücke her zum Stabelerhaus. Aus dem großen Zug treten die beiden Buben vor und pflanzen sich vor dem Vater auf.

„Vater", sagen sie, „mier wöllen koane Schneider nit werden, ganz und gar nit!"

Der Stabeler steht auf.

„Der wölle hat die Wand packt?" fragt er.

„Alle zwoa!" schreit der ganze Haufen.

„I frag, der wölle z'erscht auen ischt?"

„Alle zwoa z'gleicher Zeit!"

Da kratzt sich der Stabeler hinten am Kopf und schaut eine Weile seine beiden Buben an. Dann wendet er sich zum Schneider hin. „Vetter", sagt er, „i hab mir's hiez überlegt. Von meine zwoa Bueben taugt koaner zum Schneidern. Es ischt mir koaner nit feil!"

Da kriegt der Schneider einen blitzroten Kopf, fährt auf, schmeißt zornig den Buckel hinter sich und schreit: „Einspannen!"

Und als er auf seinem noblen Stadtwäglein aus dem Dorfe kutschiert, hört er den ganzen Zug hindrein-schreien:

> „Der Much und der Joch
> Vivat hoch, hoch, hoch!"

 it dem Seil von
der Totenglocke

Wie die beiden Stabelerbuben an einem Herbsttag
heimlicherweis in der Ostwand des Haunolds klettern,
bei den Schrofen über der langen Schuttrinne, fällt der
Joch aus der Wand und stürzt ab.

„Du Dolm!" sagt der Much, „wo willst denn jetzt
hin?"

Aber der Joch kann nichts mehr sagen; denn er ist
schon auf dem Weg hinunter ins Kar.

„Du Dolm", redet der Much fertig und schaut dem
Bruder nach, wie er über die Schrofen purzelt, „was
laßt denn aus?"

Dann steigt er über die Felsen hinunter, dem Joch
nach, hinein ins Kar.

Wie er vor dem Joch steht, der, Händ und Haxen
weit von sich gestreckt, als würden sie nicht mehr zu
ihm gehören, im Schutt liegt und kein Lebenszeichen
mehr gibt, sagt er „Wegen dem brauchst nit glei hin
sein!"

33

Der Joch gibt keine Antwort. Ein dicker Faden Blut kommt aus seinem Munde und fließt über den Stein.

„Waarst halt a Schneider worden, du Dolm!" schimpft der Much. „Da kunntst dir lei die Nadel ins Fingerspitzl stechen oder mit'm Bügeleisen die Hinterseiten verbrennen, bal du di zur unrechten Zeit draufhuckst. Da brauchest hiez nit daliegen und hin sein!"

Wie aber der Joch noch immer kein Lebenszeichen gibt, wird dem Much höllenangst. Er stößt den Joch mit dem Fuß an und schreit: „Hiez leb wieder, du Dolm, du damischer, aber g'schwind!"

Da dringt ein tiefes Stöhnen aus der Brust des Joch. Er legt sich mühsam um und schlägt die Augen auf.

Das Blut fließt noch immer aus dem Munde. Der Rock ist zerfetzt. Die Hand ist aufgerissen. Das zerschundene Knie schaut durch die lodene Hosen. Die Augen sind noch voller Schrecken.

„Die neue Sunntagshosen!" sagt der Much.

Der Joch weiß noch nicht, wo er ist. Er greift mit den Händen um sich und blickt die steile Schuttrinne empor, über die Felsbänder und Schrofen, über die er herabgekommen ist.

Dann wischt er sich das Blut aus dem Gesicht und sagt: „Much, mier brauchen a Seil!"

— — — — — — — — — — — — — — — —

Am nächsten Sonntag, als der Vater in der Frühmesse ist, dringen die Buben in seine Kammer ein. Sie schieben von innen den Riegel zu und schauen.

Da zeigen die Steigeisen ein ganzes Regiment wilder Zähne und Zacken. Schneereifen sind breit an die Wand gehängt. Darüber stehen kreuzweis die zwei Eispickel und rundum ist das Führerseil. Es ist sorgfältig und genau zu einem schönen Kranz geflochten.

Der Much loost hinaus auf den Hausgang. Dann nimmt er das Seil vom Nagel und hängt es sich quer über die Schulter.

„Nobel", sagt er und geht mit großen Schritten auf und ab. Das Seil reicht ihm über die Knie hinab, fast bis an den Boden.

„Laß mi hiez", sagt der Joch, hängt sich das Seil über und nimmt einen Eispickel in die rechte Faust.

„Wia a Mensch glei anders ausschaugt, bal er richtig anzochn ischt", sagt der Much und bewundert den Joch, wie er stolz dahersteigt.

„Hiez schaug'n m'r, wo 's Schwanzl ischt!" sagt der Joch. Sie zupfen den Schlußknopf auf und ziehen das Seil heraus.

„Dös ischt das End", flüstert der Joch.

„Na", sagt der Much, „dös ischt der Anfang. Hiez müess' m'r schun weitertüen! 's Seil hört nimmer auf, bis es gar ischt!"

Wieder horchen sie eine Weile. Hintaußen im Stall schüttet die Dirn den Säuen das Trank vor. Sonst ist es überall still.

„Lei etliche Reifeln tüen m'r auf", sagt der Much und zupft den Zopf auseinander. Die Schlingen wickelt er um seinen Arm. Das Seil läuft weiter wie von selbst.

Dann steht er auf. „Kimm", sagt er zum Joch.

Der Joch steht hin wie ein Kalb vor dem Metzger und läßt sich das Seil um die Mitte binden. Der Much zieht die Schlinge zu.

„Fertig?" fragt der Much.

„Fertig!" sagt der Joch.

Dann wirft der Much das Seil über den Kleiderkasten, springt auf die andere Seite und zieht den Joch auf.

„Bischt oben?" fragt er, blitzrot vor Anstrengung.

„Mhm", sagt der Joch. Er kann nicht mehr sagen, weil er zu wenig Luft hat.

„Soll i di wieder abseilen?" fragt der Much.

Der Joch nickt und schwebt wieder auf den Boden herab.

„Dös geht nobel", sagt der Much stolz.

„Mhm", meint der Joch und tut einen tiefen Schnaufer, „hiez zieh i di auf, kimm!" — —

Wie drüben die Glocken den Segen läuten, flechten sie schnell wieder den Zopf zusammen und hängen das Seil an die Wand.

„Nobel ischt so a Seil!" sagt der Much. „Bal i an Haufen Geld hätt . . ."

„I ah", sagt der Joch.

Dann wischen sie aus der Kammer.

Am Abend sitzen sie im Wipfel des Nußbaumes und schauen hinauf, wie die letzte Sonne in der Wand des Haunolds brennt.

„A Seil mueß her!" sagt der Much entschlossen, „dös vom Vater därfn m'r nit ham. Dös Wäschstrickl von der Muetter ist z'dünn und dös Heuseil ischt z'kurz!"

„Bind m'r sie halt z'samm", meint der Joch.

„Du Dolm, da wird dös Wäschstrickl nit dicker!"

Der Much streckt sich im Wipfel auf, schaut über das Dorf hin und mustert prüfend Dach für Dach, eines nach dem andern.

„Bal üns halt der Girgl mit sein Seil aushelfen tat?" meint der Joch.

„Hör auf mit dem!" sagt der Much scharf und späht über die Hausdächer.

Es dauert lange. Schließlich bleibt sein Blick an dem Kirchturm hängen.

„Morgen wird nit grad einer sterben!" sagt er.

„Warum denn sterben!"

„Wegen der Totenglocken."

„Totenglocken?"

„Du Dolm, mier künnen do nit den Strick von der Elferglocken nemmen, wia soll denn da der Mesner Elfeläuten!"

Da pfeift der Joch zwischen den Zähnen: „Hiez versteh i di", sagt er und überlegt; „der nächste zum Sterben ischt der Badlroßknecht. Aber der dertuets leicht no drei Tag!"

„Gehn m'r!" sagt der Much.

Flink wie die Wiesel huschen sie in dem dämmernden Schatten über den Friedhof und schlüpfen in den Glockturm. Fledermäuse geistern durch die Lucken und Löcher. Die Stiegen krachen unheimlich. Da hängen vor ihnen die großen, breiten Schatten der Glocken in der Luft.

„Halt ihr 's Maul, daß sie nit schreit!" flüstert der Much.

Der Joch faßt vorsichtig den Schwengel und hält ihn fest. Der Much knüpft das Seil los und nimmt die Schlingen auf.

Dann tappen sie über die Staffeln hinunter.

„Mier müessn schaugn, ob der Strick guet ischt", sagt der Much heimlich. „Kimm!"

Er seilt den Joch an.

„Bal der Strick reißt, brauchst nit schreien", sagt er, „dös kenn i nacher schun selber!"

Dann stößt er den Joch durchs Fenster und gibt langsam das Seil nach.

Da pfeift es unten.

„Stehst?" fragt der Much hinunter auf den Friedhof. „Ja!"

„Nacher wieder auf!"

Wie er den Joch wieder heroben hat, fragt er ihn, wie es tut.

„Woll", schnauft der Joch, „es tuet. Lei wenig Luft ischt!"

„Luft gnue, morgen in der Wand!" lacht der Much. Dann zieht er den Rock aus, wirft die Seilschlingen über die Brust und tut den Rock darüber zusammen. —

Wieder steht die Haunold-Ostwand da, sauber und blank. Die Morgensonne glänzt in den glatten Felsen. Der frische Wind pfeift aus dem Innerfeld. Ein Geier steht keck in der Luft und schreit.

„Tuet der Herr hiez guet achtgebm", spöttelt der Much, wie er dem Joch das Seil anlegt, „nit mehr danebentappen, allweil föschte Griff nemmen und nit auslassn. Sünst fliegt mir der Herr über die Schrofen aus

und ischt wieder hin und der Innichner Mesner kann
ihm nit amol die Totenglocken läuten . . ."

— — — — — — — — — — — — — — —

Es ist schon stockdunkle Nacht als die Stabelerbuben,
hundsmüd und völlig ausgehungert, aus dem Wald
herabkommen und über den Friedhof schleichen.

Aber die Tür zum Glockturm ist versperrt.

„Ah, Tuiflsschwanz, höllischer", flucht der Much,
„was tüen m'r hiez?"

Wieder rüttelt er an der Tür, greift alle Fugen aus
nach dem Schlüssel, vergebens!

„I glaab . . .", sagt der Joch.

„Was glaabst?" fährt ihn der Much an.

„I glaab, daß bei der Nacht mehr Leut sterbm als
beim Tag. Der Badlroßknecht . . ."

„Halt's Maul, du Dolm", zischt der Much zornig und
schaut zum Turm empor, der finster und unheimlich
aufragt in die sternenlose Nacht.

„Da müessn m'r auen, über dö Wand", sagt der Much
scharf.

Jetzt erschrickt der Joch und stottert: „Schun wieder
a Wand?"

„Die Kirchturmspitz-Westwand, du Lapp!"

Der Much wirft die Schlingen ab und knüpft sich an
das Seil.

„I steig voran und du sicherst mi!" sagt er.

„Much?" flüstert der Joch, „i mueß di eppes fragen . . ."

Aber der Much greift schon um den ersten Haken am Blitzableiter und klettert empor.

Der Joch setzt sich auf den Boden hin, schlingt das Seil um seine Oberschenkel und läßt es langsam hinter dem Rücken hinauflaufen auf den Turm.

Wie der Much schon haushoch oben ist und völlig im Dunkel der Nacht verschwindet, bricht klirrend ein Haken aus und rasselt an dem Draht herab.

„Sichern!" schreit der Much.

„Eh!" sagt der Joch langsam und setzt sich noch fester auf den Boden hin.

Langsam schließt das Seil weiter und verschwindet in der Finsternis.

„Nach!" schreit es oben.

Da greift der Joch in die Wand und steigt nach. Im halben Turm schließt das Seil durch das Fenster und läuft über die Staffeln hinauf

„Much?" schreit der Joch, „i mueß di eppes fragen ..."

Er stolpert ihm über die wackligen Stiegenstaffeln nach. Aber erst ganz oben in der Glockenkammer erwischt er ihn und stößt mit dem Grind an die Elferglocken, daß sie singt.

„Bscht, du Dolm!" zischt der Much und bindet den Strick wieder an die Totenglocke.

„Much . . . wart . . ."

„Was ischt?"

„Much, i möcht di lei fragen, wia m'r wieder obikemmen . . ."

„Tuiflsschwanz", flucht der Much, „auf dös hab i nit denkt. Was sagst denn dös nit früher, du Dolm?"

40

Da hebt der Joch jämmerlich zu schluchzen an. „Läut die große Glocken", sagt er, „nacher kemmen die Leut . . . nacher tüen sie die Tür auf . . ."

„Und der Mesner? Und der Vater?"

Sie hocken im hintersten Turmfenster und schauen hinunter auf den Friedhof. Es ist über allem eine bange Finsternis, nur die bleichen Totensteine leuchten.

Kalt ist die Nacht. Sie schliefen frierend zusammen.

„Hunger", schluchzt der Joch und steckt den Daumen ins Maul.

„Ja", sagt der Much, „bal man 's Seil um den Bauch hat, spürt man den Hunger nit so", und schaut nach der Wand hinunter in die schwarze Tiefe.

„Bal mier da obifliegn, liegn m'r glei aufm Friedhof", sagt er düster, „kann üns der Totengraber glei einscharren . . ."

„Nit!" stöhnt der Joch, und der Schauer schüttelt ihn.

Der Sturm heult über den Friedhof. Nachtvögel flattern auf. Irgendwo im Turm ächzt es bange.

Der Much spuckt in die Finsternis hinunter und sagt: „Aufkemmen därf ganz und gar nix. Bal i dir dös Totenstrickl obilaß, hebt dös Glöckl oben zu schreien an. Da glaaben sie im Dorf, mier sein schun hin. Dös geaht nit. Mier müssn obi, wo mier auen sein."

„Mei Knie", jammert der Joch, „mei ganzes G'ripp —" und reibt sich die Gegend, auf die er damals im Kar aufgefallen ist, „und nacher, der Hunger!"

„Waarst a Schneider worden!" schimpft der Much, schwingt sich aus dem Fenster und greift sich nach dem abschüssigen, kaum handbreiten Gesims hinüber zum Draht des Blitzableiters.

„Liebes Schutzengele . . . tue mi sichern . . .", betet der Joch und preßt sich an die Mauer. Dann tappt er über der finsteren Tiefe nach dem schmalen Band hinüber und steigt dem Bruder nach.

Wie er wieder Boden unter den Füßen spürt, schnauft er ein paarmal tief auf und sagt: „Dreimal liaber die Haunold-Ostwand bei Nacht und Nebel, als dö . . . Kirchturmspitz-Westwand . . ."

„Im Abstieg ischt sie nit guet", sagt der Much und wischt sich Schweiß und Mauerbrocken aus dem Gesicht. Sie klettern über die Friedhofmauer und laufen durch das nächtliche Dorf heimzu.

Hinten beim Saustall steigen sie ins Haus. Wie sie auf dem Söller stehen, loost der Much hinaus in die Nacht.

„Hiez ham m'r Zeit g'habt", flüstert er.

Die Totenglocke läutet!

„Der Badlroßknecht", haucht der Joch und schlägt ein Kreuz, „guet daß er si Zeit lassn hat . . . mitm Sterben!"

in Herr und zwei Träger

Einmal im Frühsommer, wie der Haunold schon aper ist und es auf der Post und beim Neuwirt schon zu „turisteln" anhebt, stellt der Stabeler seine beiden Buben vor sich hin, schaut sie kritisch von oben bis unten an und sagt:

„Die Nasen sauber schneuzen, nit mit die Finger, mitm blauen Hadern. Den ganzen Grind a Weil unterm Brunn einihalten. Die Haar ordentlich kampeln. An saubern Scheitel in der Mitten durch, daß die Zotten nit so wild umanandsteahn wia beim brenneten Dornbusch, weil koa Herr nit so an dröckigen zottleten Träger nimmt.

Nacher dös Hüetl aufsetzen, dös runde, dös schneidige, mit der krumpen Spielhahnfeder, die schiane Joppen anziechn und Schuech nemmen. Merkts enk dös, Buebm, floßfüeßig schauts aus wia die Karrnerkinder, die lausigen, zigeunerischen. Denen gibt der Herr nit mehr als an halben Kreuzer. Aber gschneuzt, kampelt

43

und putzt und dazue sauber g'wandet und anzochen, dös ischt was anders. Wia besser dös Ausgschau, wia besser der Lohn.

Enker Station ischt das Wegkreuz draußen beim Schluifererangerl. Dös ischt der böschte Platz in der Gegend. Da kimmt enk koaner nit aus und die andern Träger, dö weiter im Dorf drinnen stehn, dö fangen enk koan ab.

Die Herren bleiben gern stehn und schaugn dös Kreuz an, weil es soviel alt ischt. Bal enk oaner um dös Kreuz fragt, müeßts sagen: Es ischt altgotisch, ausm fufzehnten Jahrhundert. Dös schaugt glei guet aus, bal der Mensch sünst aa no was woaß.

So ischt Zeit zum Aushandeln und die Herren sein guet aufglegt, weil dös Dorf schun da ischt und Wein und Bier nimmer weit. Recht manierlich sein, Bueben. Z'erscht dös Hüetl obertüen und sagen: „Grüeß Gott, der Herr!" oder „Grüeß Gott, das Fräulein!" müeßts halt schaugn, ob es a Manderner ischt oder a Weiberne.

Dann a Zeitl warten, allweil no dös Hüetl in der Hand. Nacher bringts enker Sach schön stad für: „Ischt epper ein Träger gefällig?"

Bal der Herr nit glei den Kopf beutelt und „Nein, danke!" sagt, geahts glei mit und laßts den Herrn nimmer aus. Am böschten glei den Rucksack aufm Buckel nemmen, nacher seids schun gwunnen, da kann enk neamt mehr den Herrn schnappen.

Bal der Herr aber den Kopf beutelt und „Na" sagt, geahts a Weilele mit und tuets so a bissele plauschen: „Der Weg auf die Hütten ischt weit, Herr! Drei Stunden, da dörf oaner föscht geahn. Na, guet ischt der Weg nit, aber lötz und stoanig! Markiert ischt er schlecht und wer nit guet acht woaß, hat'n glei verlorn. Und die Sunn ischt verdammt hoaß, Herr, und koa Fetzele Schatten ischt nit aufm ganzen Weg!"

Bal alles umsünst ischt und der Herr nit anbeißt, tüets dös Hüetl wieder aufsetzen und sagts: „Vielleicht a andersmal, Herr!"

Bal enk die Herrischen auf der Tour fragen, wer ös seids, so sagts: „Der älteste Suhn vom Stabeler", nit vergessen.

Wann der Herr nacher dös Geldtaschl ausm Sack tuet, nacher schaugts auf die Seiten und tüet, wia wann enk dös ganz gleich waar und sagts: „Wie's beliebt!"

Bal er notig ischt — notig, dös hoaßt bei an mittern Rucksackl bis auf die Schuesterhütten zehn Kreuzer — dann sagts lei: „Danke!" Bal er nobel ischt — nobel ischt von dreißig Kreuzer aufwärts — dann sagts: „Vergelt's Gott" und schian de Hand gebm. Bal er ganz nobel ischt und an halbm Gulden springen laßt, zupfts an Edelweißstern vom Hüetl, tüet ihn dem Herrn schenken — nix extra annehmen dafür, koan Kreuzer nit, verstanden? — und sagts: „Gott's Dank, Herr, und tausendmal Vergelt's Gott!"

So. Dös ischt alles. Und Posten gstandn wird so, daß allweil oaner auf der Station ischt. Bal der oane an Herrn g'angelt hat, stellt si der andere hin und paßt. Verstanden?"

———————————————————

Das Gras steht dick und schön auf den Wiesen. Die Sensen rauschen überall im Land und bis in die letzte Kammer dringt der Ruch des jungen Heues.

Der Stabeler schmeckt nicht viel davon. Er ist mit einem Münchner Herrn drüben im Ortler, in Schnee und Eis.

Aber daheim, grad wie sie alle mitten im Heueinführen sind, schreit die Stablerin oben auf dem Fuder: „Buebm, hiez kimmt oaner!"

Da wirft der Much die Heugabel weg und der Joch hupft aus dem Haufen, den er aufgeladen hat, und beide satzen über die Wiese hin zum Kreuz.

„Laß mi geahn!" schreit der Joch, schneuzt im Laufen den Heustaub aus der Nase und kampelt mit den gleichen Fingern das Haar. „I bin putzt und g'richt!"

„Wer z'erscht kimmt, mahlt z'erscht!" schreit der Much zurück und springt über die Planken.

Er wischt schnell das Heu aus Hemd und Hosen, stellt sich zum Kreuz hin und sagt: „Grüeß Gott — alle zwoa", weil es ein „Manderner" mit einer „Weibernen" ist.

Aber aus und gefehlt ist alles! Sie bleiben nicht stehen, sie schauen das Kreuz nicht an und, wie der Much sagt: „Ischt epper ein Träger gefällig?" da schaut der Herr um und fragt: „Wo?" als wär der Much überhaupt noch kein Träger oder so etwas. —

Das Heu ist schon längst im Tennboden und auf der Wiese spitzt schon langsam das zweite Gras auf, aber es hat noch kein Herr einen Stabelerbuben als Träger gebraucht.

Der Much hat das Warten lang schon aufgegeben, aber der Joch sitzt stundenlang beim Kreuz, sauber geputzt und gewaschen, das Hütl rundum voller Edelweiß, und paßt.

Und über die Wochen — ganz wild — kommt der Joch ins Haus gesprungen und schreit in die Stuben: „Hiez hab i oan g'angelt!"

Er wirft den herrischen Rucksack auf die Ofenbank hin und springt in die Kammer. Er muß die alten Nagelschuhe anziehen, weil um die neuen schad ist.

Der Much hebt inzwischen den fremden Rucksack auf und lupft ihn in den Händen: „Der Joch kann mit dem herrischen Zeug nit umgeahn!" sagt er, wirft den Rucksack über und geht schnell damit aus dem Haus. Bis der Joch aus der Kammer kommt, ist der Much mit dem Herrn schon unterwegs zur Schusterhütten.

Der Joch, wütig wie ein junger Stier, rennt hintennach. Bei der Lanzinger Säge holt er sie ein. Der dicke Herr stapfelt gemächlich dahin, in Hemdsärmeln, und schwitzt. Der Much, hinterdrein, trägt Rucksack, Rock und Schirmtasche.

Mit einem Satz schnellt der Joch am Much vorbei, springt vor den Herrn hin und schnauft: „Da bin i, Herr! I bin der rechte!"

Der Herr bleibt stehn, rückt seinen Zwicker zurecht, schaut hinter sich den Much an, dann vorne den Joch und schüttelt den Kopf.

„Dös ischt lei so a Dolm, a Dummer", erklärt der Much, „der mir halt a bissele gleichschaugt, aber..."

Aber da schreit der Joch und die Stimme kippt ihm

über vor Zorn: „Mein Herrn laßt mir, du Schuft!"

Ehe der Herr weiß, was eigentlich los ist, fliegen die beiden einander an und kugeln, kopfüber, kopfunter über den Weg hin.

Der Herr greift in den wilden Haufen drein und nimmt sein Zeug heraus. Dann setzt er sich auf den Rasen, holt ein Paket aus dem Rucksack und wickelt langsam ein Brathuhn aus. Er breitet eine rosarote Serviette auf das Gras hin und legt das Brathuhn mitten darauf. Dann setzt er etliche Semmeln dazu, gießt Wein in den Becher und beginnt zu speisen.

Als er den letzten Knochen abgenagt hat, legt er noch eine Schnitte Schokoladentorte vor, schneidet eine Birne auf und dann läßt er sich behaglich rückwärts ins Gras fallen.

Inzwischen liegen auch die Buben zerkratzt und zerbissen und völlig erschöpft auf dem Rasen.

Es ist ein Weile ganz still. Dann beginnt der Herr langsam und gleichmäßig zu schnarchen.

„Geh!" zischt der Much.

„Wer?" fragt der Joch.

„Du!"

„I?"

„I nit!"

„I aa nit!"

Sie bleiben beide im Gras hocken, eine Stunde und länger.

Endlich wacht der Herr auf, streckt sich und gähnt und schaut eine Weile von einem zum andern.

„Zwei? Ich habe nur einen gemietet!"

„I bin der Richtige", sagt der Joch und stellt sich hin.

„Haben Sie meine Sachen bis hieher getragen?" fragt ihn der Herr.

„Na i!" schreit der Much.

Da reibt der Herr seine Augen aus und sagt streng: „Welcher ist der Richtige? Ich meine, der Sohn des Bergführers Stabeler Hans!"

„Dös sein mier alle zwoa", sagt der Joch.

„Mier sein nämlich Brüeder", sagt der Much.

„So", meint der Herr, „das konnte ich nicht wissen. Dann ist die Lösung ja sehr einfach: Welcher ist der ältere?"

„Mier sein alle zwoa gleich alt", sagt der Joch.

„Mier sein nämlich Zwilling", sagt der Much.

„So", macht der Herr, schaut eine Weile von einem zum andern, zwickt die Augen zusammen und denkt nach. Dann schlüpft er in seinen Rock, wirft den Rucksack über, nimmt die Schirmtasche und geht.

Da stehen die Buben ganz starr, wie versteinert, das Maul offen und machen ihr dümmstes Gesicht.

So schauen sie dem Herrn nach, wie er den Weg dahinstapft.

„Hiez ham'r mr's", sagt der Joch tonlos.

Der Much kann nichts reden. Er schüttelt bloß in einem fort den Kopf.

„Hiez kimmt er uns aus", jammert der Joch und seine Augen werden voll Wasser, „drei Wochen hab i auf den Herrn g'wart', jeden Tag extra g'waschen und kampelt . . ."

„Trenz nit!" herrscht ihn der Much an.

Er schaut dem Herrn nach, wie er den langen Serpentinenweg hinaufkriecht.

„Was schaugst denn no?" fragt der Joch, „geahn m'r hoam . . ."

Der Much läßt den Herrn nicht aus den Augen. Da dreht sich der Joch wieder zurück und schaut gleichfalls dem Herrn nach.

„Er ziecht den Rock aus", sagt er, „es wird ihm hoaß . . ."

Der Much schaut und schweigt.

„Hiez nimmt er die Taschen in die andere Hand", sagt der Joch, „hiez stellt er sie nieder . . ."

Aber der Much ist schon mit ein paar langen Sätzen oben beim Herrn und der Joch, wie der Teufel, hinterdrein.

„Nur immer langsam", sagt der Herr und wischt über seine kugelrunde Glatzen, „dem einen die Tasche, dem andern den Rucksack."

So gehen sie alle drei zufrieden den langen Weg hinein ins Innerfeld.

Der Herr redet nichts, weil er die ganze Luft zum Schnaufen braucht.

Immer höher wächst die Dreischusterspitze aus dem Talboden. Kühne Türme bauen sich übereinander. Himmelhoch ragen die Wände auf.

Der Herr sieht nichts und keucht weiter, ärger als die Pusterer Zugsmaschine. Erst wie bei der Wegbiegung plötzlich die Schusterhütte auftaucht, bleibt er stehen und sagt: „A—a—ah!"

50

„Hiez ischt er guat aufglegt", denkt der Much, „hiez kimmt's!"

Richtig, der Herr greift schon in seinem Hosensack.

„Wie's beliebt!" sagen die Buben beide gleichzeitig.

Aber der Herr zieht bloß das Taschentuch heraus und wischt damit über seinen blitzblanken Schädel.

„Ach so", sagt er und legt die Stirne in Falten.

Die Buben schauen auf die Seite, wie hoch und wild doch der Schusterspitz ist und wie er ganz oben nadelfein wird, daß er völlig ein Loch in den Himmel sticht.

Der Herr rückt seinen Zwicker zurecht und stochert langmächtig in seiner Geldbörse herum. Die Buben hören die Silbergulden klingeln, die er beiseite schiebt.

„Hier", sagt er, und gibt dem Much einen doppelten Kreuzer, „den teilt euch!" greift um Rucksack und Tasche und geht in die Hütte.

Die Buben stehen da, sprachlos, bis er verschwunden ist.

„Da . . . da sag'n m'r gar nix", meint der Much, „dös ischt weniger als notig . . ."

„Dös ischt, weil du halt no nix gleichschaugst", sagt der Joch, und das Weinen ist ihm nahe, „lei so a Büebl!"

„Schaugst du epper mehr gleich?" schreit der Much und wirft das Kupferstück hin, „nacher b'halt dir dein Tragerlohn!"

„Na", sagt der Joch.

„Nimm", schreit der Much.

„Na, sag i!"

Da hebt der Much mit spitzen Fingern den Doppelkreuzer vom Boden auf und geht damit zur Hütte hin.

„Frau Wirtin", schreit er in die Kuchl, „da ischt a Herr kemmen, a dicker, a runder, Haar hat er koane nit auf'm Kopf, aber dafür a Glatzen, der hat da sein Geld verloren. Tüet ihm dös zurückgebm und an schian Grueß sagen von die Stabelerbueben!"

Dann springt er wieder davon.

Der Vater tut die Buben ans Seil

Im Herbst einmal, als die Nacht noch kalt und schwarz im Dorfe liegt, schreit der Stabeler in die Bubenkammer: „Hö, Much, Joch, auf!"

Wie die Buben langsam die Knochen strecken und aus dem tiefen Schlaf herauskriechen an den nachtfinsteren Morgen, hören sie den Vater schon nebenan mit Seil und Pickel umtun.

Da springen sie mit einem Satz vom Strohsack auf und hinein in die Hosen.

„Gach, Bueben", sagt der Vater auf der Stiege, „der Tag ischt nimmer lang hiez!"

Der frische Brunn reißt den letzten Schlaf aus den Augen. Jetzt sind die Buben ganz wach. Während sie mit dem Vater um die Schüssel sitzen und die Brennsuppe löffeln, raten sie: „Haunold oder Schusterspitz?"

Der Vater ißt schweigend fertig. Die Buben wischen die Schüssel aus, stecken den Löffel unter den Tisch und machen das Kreuz.

Wie sie, den Vater in der Mitte, durch das Dorf gehen, das noch still und verschlafen hinter den Fensterläden liegt, hebt der Vater, ganz gegen seinen Brauch, zu reden an. „So, Bueben", sagt er, „hiez tüet brav achtgeben. Wer amol a rechter Bergführer werden will, der mueß si auf sein Herrn verstehn. Der Herr will nit bloß g'führt sein, er will ah a Unterhaltung ham. Wia besser er si unterhalt, wia besser zahlt er, verstanden?

Beispielsmäßig, bal ma in der Frueh so dahingeht und man siecht, der Herr will an Dischkurs ham, hebt man an vom Wetter z'reden. Dös ischt allmol dös Böschte. Aber aufpassen dabei, Bueben! Bal epper in die nächsten Täg mit dem Herrn no a Gschäftl gehen künnt und der Herr woaß nit, soll er no dableiben morgen oder soll er hoamfahrn, und er schaut zwider und zweifelhaft dös Wetter an, nacher mueß der Bergführer lauter guete Wetterzeichen söchn. Daß der Nebel im Tal liegt und langsam aufsteigt, oder daß er nit aufsteign kann, weil ihn der guete Wind obidruckt, daß der Haunold koan Hüet hat oder, bal er oan hat, daß der Huet nit tiefer dreinsitzt, daß es so a bißl nebelreißen tuet — nit glei zu jedem Spritzer Regen sagen —, Nebelreißen ischt allmol a guets Zeichen, weil es nacher wieder schian wird und daß der Herr, bal er dableibt und lang gnua wartet, die allerschiansten Tag kriegt, a wahres Prachtwetter, sagt man!"

„So, wia heut, gell Vater", meint der Joch.

„Heut ischt es wurscht, du Dolm. Und nacher, bal der Herr no an Dischkurs haben will, hebt man an von

die Berg z'reden. Versteht si, allweil von dö Berg, wo
der Herr no nit oben war. Aber aufpassen dabei,
Bueben! Nit lei so blind in der Gegend umadumreden.
Der Bergführer, der mit sein Herrn auf an Berg geht,
mueß allweil wissen, wölles der nächste Berg für sein
Herrn ischt. Und von dem Berg mueß er z'reden anheben
und mueß ihn — aber Zeit lassen dabei, schian langsam — mueß ihn höcher machen und schianer, als den
Berg, auf dem der Herr grad auensteigt, daß der Herr,
daweil er den oan Berg no gar nit völlig derpackt hat,
schun auf den andern g'lüstig wird."

„Aufm Schuesterspitz, Vater", sagt der Much schnell.

„Aufm Schuesterspitz, beispielsmäßig", meint der
Vater, „bal er den Haunold, den Birkenkofel und den
Elfer schun hinter seiner hat. ‚Dös Aussichterl, Herr',
mueß der Führer sagen, ‚ischt halt no viel schianer,
wie höcher der Mensch auenkimmt. Gar aufm Schuesterspitz, da siecht ma dös Meer, bal ma Glück hat.' Bal der
Herr nacher oben ischt und er siecht koa Meer nit,
nacher hat er halt koa Glück nit g'habt, verstanden?"

Die Buben nicken wieder und springen neben dem
Vater her, der nun mit großmächtigen Schritten den
Lärchwald hinaufstelzt.

„Dös mueß aber alles ganz langsam geahn!" fährt
der Vater fort, „damit der Herr richtig hoaß wird auf
den nächsten Berg. Wia so a Fliegen, dö auf der Nasen
sitzt und dö — ah wenn man no so oft hinhaut — alle-
weil wieder hinfliegt. Aber no besser ischt es, bal der
Herr die Fliegen gar nit spürt und selber gar nit kennt,
was der Führer möcht. Z'erscht läßt ma lei so nebenbei

a Wörtl von dem andern Rerg fallen, daß dem Herrn der rechte Nam im Ohrwaschl sumst. Nach einer Weil, höcher oben, nimmt der Führer wieder, ganz zuafällig, den Berg ins Maul und sagt dazue: „A nobels Bergl, a feins Bergl, a Sakrabergl, Herr!“ Und bal nacher, no weiter oben, der Herr verschnauft, zoagt er ihm daweil den Berg richtig, erklärt die Routen und alles und schaugt, ob er nit epper grad a paar Leut kraxeln sieht mitm Spektiv, daß der Herr no g'lüstiger wird. Und oben nacher, bal der Herr mit der schian Aussicht a rechte Freud hat, sagt der Führer: „Hiez steaht üns dös Sakrabergl grad im Weg!“ Bal nacher der Herr fragt, ob da oben die Aussicht no schianer ischt, hat der Führer schun halb gwunnen. Da ischt der Herr schun richtig vorg'warmt und der Führer kann dös erschtemal fragen: „Möcht der Herr leicht morgen epper dös söll Bergl packen, ha?“ Bal er auf dös erschtemal nit anbeißt, mueß der Herr no weiterg'warmt werden, bis er ganz hoaß ischt.“

„Hoaß, Vater“, sagt der Much, „hoaß aufm Schuester-spitz . . .“

„Hoaß, auf was ischt geich“, sagt der Vater, „Haupt-sach, daß der Herr nit kalt wird!“

Es ist nicht mehr weit, gleich hinter dem Lärchwald, beim Wildbach Innichen, liegt die Wegscheid, wo es sich zeigen muß, ob der Vater auf den Haunold denkt oder auf den Schusterspitz.

„Bal nacher der nächste Berg dem Herrn schun im Ohrwaschl sumst“, fährt der Vater fort, „und ihm dös schiane Wetter eing'redt ischt und er möcht no an Dischkurs ham, nacher hebt der Führer an von seine Herren reden. Versteht si, bloß von die nobeln. Vom Baron Hauck mit der doppelten Tax, vom Kuniglgrafen, der die blanken Gulden springen laßt und die langen Vetschina, vom Hauptmann Wundt mit dem Extrawein auf jeder Hütten und gar von der Baroneß Rolanda . . . wißt's woll, dös ischt die böschte Kundschaft. Halt lauter schiane, beispielsmäßige Sachen. Bal nacher der Herr selber zu derzähln anhebt, lauter söllenes Zeug, dös den Führer nix angeht, von die traurigen Zeiten, vom schlechten Geschäft und daß alle Leut, die nit Baron und Grafen sein, hiaz hint und vorn koa Geld nit ham, nacher sagt der Führer: „Herr, tüet enk net so strapazieren mitm reden. Ös habt ja eh nit z'viel Luft im Brustkasten. Nit soviel sprechen, bergauf!"

„Mier reden eh nit, Vater", schreit der Joch, „aber . . ."

„Aber mier möcht'n den andern Weg, Vater", sagt der Much schnell, „den Weg aufn . . ."

Der Vater hört die Buben nicht, schwenkt rechter Hand den Weg hinauf zum Haunold und redet eifrig weiter.

„Liaber den Herrn gar nix mehr sagen lassen, wia sölles Zeug, dös koan Nutzen hat. Da wird grad Luft vertan für nix und wieder nix und viellauter Dischkurs ist der Berg verpaßt und der Tarif versaut. Drum bal der Führer sagt: „Nit reden bergauf!" mueß der Herr das Maul halten, weil der Führer die Verantwortung hat, bal dem Herrn mitten in der Wand die Luft ausgeht. Überhaupt auf der Tour ischt der Führer der Herr und schafft an, damit der Herr tüen kann, wia der Führer will, verstanden?"

„Woll", nicken die Buben betroffen und tappen hinter dem Vater drein durch die nassen Almrosenstauden.

Im höchsten Zirbenbestand ziehen die Morgennebel. Alles ist naß und kalt, aber doch spüren sie schon die nahe Sonne auf die Joppen scheinen. Dann mit einem Schlag stehen sie in der reinen, hellen Bergluft, sehen ihre drei langmächtigen Schatten über die Almböden laufen und hören wie ringsum die Meisen singen. Unten braut das Nebelmeer, drüben steht der helle Fels.

„Dös ischt die Haunold-Ostwand", sagt der Vater, bleibt stehen und beugt den Kopf zurück.

„Mhm", sagen die Buben.

„Dö Wand hat koan Tarif. Mit fufzehn Gulden ischt sie guet zahlt, aber sie ischt hoakel und geht lei für die bessern Herren. Die lötzern und die Weibernen führt ma um zehn Gulden über die Nordwand auen!"

„Vater . . .", will der Much sagen.

Aber der Vater steigt schon den schmalen Jägerweg hinüber auf die Nordseite.

„Lei mitm Seil nit z'lang warten", sagt er und legt die Schlingen aus, „ischt schun oft oaner in die kloan Schröfelen ausg'fallen, der die schiechsten Wänd derpackt hat!"

Er nimmt das Ende auf und macht den Knoten.

„Den Bessern z'erscht!" sagt er.

„Mi!" schreit der Much und stellt sich hin.

Da springt der Joch auf. „I bin besser, Vater", sagt er und pufft den Much beiseite.

„Dös wird si glei erweisen, wöller der Besser ischt", sagt der Vater, „i nimm enk daweil nachm ABC, den Jakob z'erscht und den Michael in die Mitten! Und hiez wird auf die Finger g'schaugt, wia der Knoten geht und daß ös dös glei wißts: Der doppelte Knoten ischt lauter Schwindel. Was a rechter Führer ischt, der nimmt alles einfach, verstanden?"

Dann nimmt er langsam die Schlingen auf.

„Schaugts mir auf die Bratzen, Bueben", sagt er, „sünst ischt dös Seil versaut und mier steahn da in der babylonischen Verwirrung, wo koaner mehr woaß, was z'sammg'hört."

Der Joch voran, greift in die Felsen, und will gradauf über die Wand. „Z'ruck", schreit der Vater, „dös waar ganz a neumodische Routen. Da wird hiez schian stad über des greane Grasbandl ummengangen und nach der langen Rinn auen!"

Schweigend stapfen sie über den Schutt hinauf. Dann, wie sie in die Felsen kommen, sagt der Vater Griff und Tritt an:

„Joch, linker Hand mitm Fueß hintreten, nit mit dem, mitm andern! Wieviel hascht denn du linke Füeß, ha? Much nach! Joch rechter Hand kimmt a Riß, tief einigreifen . . . so, lei Zeit lassn! Much, hiez die rechte Hand hin, wo der linke Fueß ischt . . . langsam . . . hiez den rechten Fueß auen zur linken Hand . . . Joch, du hascht den Griff auslassn! Z'ruck sag i und no amol den Griff nemmen! Much, mitm linken Fueß auen zum rechten, hascht den Stand? Much, gib dem Joch koa Seil nit. Er soll lei warten . . ."

So kriechen sie alle drei über die Schrofen hinauf. Dem Vater geht schier die Luft aus vor lauter Reden.

„Lei alles schian ansagen, Bueben, daß sie der Herr glei auskennt, wia ra tüen muaß", schnauft er; „koa Trittele nit auslassen und jedes Griffele brav ansagen. Und allweil schian nach der Reih, linker Fueß rechte Hand, rechter Fueß linke Hand, daß dem Herrn seine Händ und Füeß nit durchanand kemmen. Hö, Joch, da oben Zeit lassen, du mueßt hiez linker Hand schun den Riß kriegen, gell?"

„Den hab i schun lang, Vater!" sagt der Joch und turnt über den Riß hinauf.

„Much", sagt der Vater nach einer Weil, „bal si der Berg so zrucklegt wia da über dem Riß, daß der Führer hinten den erschten Herrn nit söchn kann, mueß der Mittelherr ihm Griff und Tritt ansagen. Und bal er so springnarrisch ischt der Herr, ganz gipfeldamisch, so wia ös, dann därf der Führer ihm ja nit z'viel Seil geben. So an Gaukler mueß ma ganz kurz halten. Der ischt wia a jungs Rößl, dös durchgeht, bal ma nit die Zügel ganz kurz nimmt."

„Vater . . .", sagt der Much.

„Lei weiter hiez! Linker Hand dös Bandl, Much! So hiez mitm andern Fueß nach — Sakrabue, bal du lei amol merken tatst, wölles der andere Fueß ischt! Allweil der, der grad nix z'tüen hat — und hiez den Riß rechter Hand! Sag dem Joch an, er mueß auf den schwarzen Zacken zue und gib a bißl Seil, daß er auskann!"

„Vater, dös geaht nit . . .", sagt der Much.

„Seil nachgeben, hörst nit? Der Joch soll . . ."

„Vater, i kann dem Joch nix ansagen . . ."

„Warum nit?"

„Weil er nimmer am Seil ischt!"

„Wa—a—as?"

„Er hat die Schlingen über den schwarzen Zacken g'schmissen und ischt durch!"

Da steckt der Vater zwei Finger in den Mund und pfeift.

„Z'ruck, Sakrabue!"
schreit er die Wand hinauf.

Oben bei dem breiten Felsband taucht ein brennroter Haarschopf auf. Vorsichtig äugt der Joch herab zum Vater und prüft, wie der Pfiff gemeint ist.

„Vater", sagt der Much, „er möcht enk zoagn, daß er der Bessere ischt. Aber dös ischt nit wahr. I fang ihn ein, gell!"

Und ehe der Vater noch recht weiß, wie das alles ist, ist die ganze Gegend voller Seilschlingen und von den beiden Buben ist nichts mehr zu sehen.

Da nimmt der Vater kopfschüttelnd die Schlingen von seinem kostbaren Seil auf, wirft sie über und klettert den Buben nach.

Wie er zu dem breiten Band kommt, sieht er voll Schrecken die Buben steil über sich in der senkrechten Gipfelwand. Der Joch voran, der Much wie der Teufel hinterdrein. Sie nehmen die Wand ganz grad, wie sie ist, hetzen über die glatten Felsen empor, hängen an schlechten Griffen halb in der Luft, schwingen auf den scharfen Pfeiler hinaus, der die Mitte der jähen Wand durchzieht . . .

Der Vater unten auf dem breiten Band hat die längste Zeit schon seine zwei Finger im Mund und bringt vor Schrecken keinen Pfiff heraus.

„Zruck!" schreit er endlich, „da ischt ja koa Routen nit!"

Einen Augenblick lang sieht der Joch zwischen den Füßen durch, wie der Vater unten steht und winkt und schreit. Aber der Much greift schon nach dem schmalen Tritt, auf dem er steht. Da spreizt er schnell in den breiten Riß hinüber, schließt hinauf und kriecht über den letzen Überhang. Er liegt schon halb darüber, da erwischt ihn der Much beim Fuß.

„Auslassen!" schreit der Joch.

„Na!" keucht der Much.

„I fliag!"

„Nit fliagst, weil i di beim Haxen hab!"

So hängen sie eine Weile hoch in der Wand, weil keiner weiterklettern kann. Unten pfeift der Vater.

„Joch, zruck!" schreit er voll Zorn.

„I kann ja nit, Vater! Der Much hat mein Hax!"

„Nacher geahst du zruck, Much!"

„Da kimmt üns der Joch aus, Vater!"

Der Joch will sich frei machen und reißt an seinem Fuß. Aber der Much, fest im Riß verspreizt, hält ihn mit eisernem Griff und hebt an, ihm den Schuh auszuziehen.

„Dös kannst schun tüen", sagt der Joch ruhig, „strumpfsöcklig steig i mi leichter!"

Der Much reißt den Fußfetzen weg und zieht ihm den Socken aus.

„Vergelt's Gott", sagt der Joch, und schaut ihm zu, „bloßfüeßig geah i mi no leichter!"

Das macht den Much springgiftig.

„Ziechst ma hiez die Hosen aus, Brueder?" fragt der Joch scheinheilig, „in der nackten Pfoad ischt am leichtesten steigen!"

„Wart lei", faucht der Much, reckt sich höher und greift in den Hosenboden, „i krieg di schun!"

Da hört er eine harte Stimme hinter sich: „Halt di an!"

Erschrocken faßt er die Griffe und hält sich an dem Felsen.

Dann brennt es ihn glühheiß hinter den Ohren und in den Wänden hallt es nach.

Er reibt sich die heiße Wange am kalten Fels und bittet: „Den Joch aa, Vater!"

Der Vater steigt höher, auf den Joch drauf, preßt ihn gegen die Wand und setzt ihm die gleiche brennheiße Pfundsdachtel hinter die Ohren. —

Unten am großen Band, wo der Joch Socken und Schuh antut, müssen sie beide wieder ans Seil und Griff für Griff, Tritt für Tritt, herrenmäßig brav, steigen sie mit dem Vater die „weiberne Routen" hinauf.

. „So!" sagt der Vater oben beim Kreuz und tut den blitzroten Tabaksbeutel auf, „hiez wissen die Herren, wia's aufm Haunold ausschaugt!"

„Dös wissn m'r schun lang", entfährt es dem Joch.

„Dolm", zischt der Much und pufft ihn in die Seite.

„Wia so dös?" fragt der Vater streng und drückt den Daumen in die Pfeife.

„Weil mier . . . i moan halt, weil mier üns denkt ham, daß er so ausschaugt, der Haunold . . . dös kann man si ja leicht denken . . ."

Wenn der Vater die grobe Falte macht, steil zwischen den Augenbrauen, gilt dies als ein schlechtes Wetterzeichen.

„Wia oft seids da auer?" fragt der Vater scharf.

„Da sein m'r gar nia auer", sagt der Joch schnell, „mir sein lei über die Ostwand!"

„Dolm", zischt der Much und tritt ihm auf den Fuß.

„So", sagt der Vater.

Dann ist es eine Weile still. Der Much brütet auf seinem Gipfelblock und starrt hinüber zu den wilden Abstürzen des Schusterspitz. Der Vater bläst die blauen Rauchwölklein vor sich hin.

„Wölles Seil habts ös ghabt?" fragt er nach einer Weil.

„Seil gar koans", sagt der Joch, „lei an Strick! Den Strick vom Totenglöckl, Vater. Aber es ischt uns nia koaner nit gstorben, daweil mier aufm Berg gwesn sein!"

Unwillkürlich zieht der Much den Kopf tiefer in die Schultern und tut einen raschen Blick seitwärts, wo das höllische Donnerwetter losbrechen muß.

Aber es geschieht nichts dergleichen. Die Sonne lacht weiter vom blauen Himmel und ringsum tanzen die Tiroler Berge und glänzen im ersten Winterschnee.

Der Vater redet nichts mehr davon.

Wie er sich zum Abstieg rüstet und die finstere Zornfalte nicht mehr zwischen den Brauen steht, deutet der Joch hinüber zum Schusterspitz und sagt: „Hiez waarn m'r halt auf den da enten g'lüstig, Vater!"

Berghof im Sextener Tal, der Heimat des Stabeler Much.

Im herbstlichen Sextener Tal brauen die Nebel um den Haunold.

„Dös waar ünser „Nächster" gwesen", sagt der Much vorsichtig.

„Mhm", sagt der Vater, mehr nicht.

Dann nimmt er sie ans Seil und brav wie noch nie, steigen sie mit ihm ab ins Tal.

Daheim führt er sie, ohne etwas zu sagen, in die schöne Kammer.

„Hiez kimmts!" denkt der Much, blinzelt zum Kasten hin, auf dem der Haselnussene liegt, und schiebt den Hemdzipf tiefer in den Hosenboden.

Aber der Vater geht zur Truhe hin, sperrt auf, tut den schweren Deckel in die Höh und greift hinein.

„Der Lederriem", denkt der Much.

Aber der Vater hebt aus der Tiefe ein Seil heraus, beschaut es wohlgefällig und wiegt es in den Händen. Wie leicht ist es und doch so stark gedreht! Zu einem wundervollen Kranz ist es geflochten, so schön, daß man den Kaiser dranbinden und führen könnt. Die Buben reißen Augen und Maul auf.

„Es ischt Zeit", sagt der Vater ernst und feierlich, und langt den Buben das Seil hin; „dös ischt das halbe Taufgeschenk von der Baroneß Rolanda. Dös andere bleibt no aufghebt, bis es Zeit ischt. Nehmt dös Seil hiez no mitnand, hängt's enk z'samm und vertragt's enk!"

asmjagern über die Schusterwestwand

Einmal, als der frühe Herbstabend ins Dorf niedersteigt, geht der Much durch die stillen Gassen. Beim Schullehrer in der schönen Stuben brennt schon die Öllampe. Auf dem Backofen beim Kramerhansen vorbei hockt die schwarze Schneiderkatz, macht einen steilen Buckel, streckt sich wieder und gähnt, macht nochmals einen Buckel, streckt sich und richtet sich zum Nachtgeschäft. Ums Eck herüber beim Jagerhaus ist noch alles finster. Der Jagerpeter sitzt auf der Hausbank und schaut hinauf zum Himmel, wo die ersten Sterne aus dem Dunkel stechen.

„Schön guaten Abend, Jager!" sagt der Much.

Auf dem Friedhof ist es totenstill. Ernst ragt der Kirchturm auf mit seiner hohen Wand. Im goldenen Kreuz hoch oben leuchtet noch das letzte Licht des sinkenden Tages.

Der Much springt über die Friedhofmauer. Er duckt sich in die Hollerstauden und loost eine Weile. Dann spitzt er den Schnabel, schlägt mit zwei Fingern drauf und pfeift heimlich.

Das ist der Lockruf der Grasmucken.

Es dauert nicht lange, so lockt auch in der Totengraberkeuschen, die schief und baufällig an der Friedhofmauer lehnt, die gleiche junge Grasmucken. Die Hintertür knarrt. Eine Gestalt schlüpft heraus in die Nacht, schwarz, bloß ein Schatten.

„Hascht sie, Lois?" fragt der Much hastig.

Der Schwarze schüttelt seine wilden Haarzotten, faßt das Bündel, das er trägt, fester, bleckt die weißen Zähne und lacht spottend: „Nix hab i, Much, lei lauter Fetzen!"

Sie laufen ein Stück nach der Mauer hin und steigen in die Totenkammer ein.

„Laß schaugn!" sagt der Much hastig.

Der Loisl horcht eine Weile. Dann legt er das Bündel auf den Betstuhl hin und zieht die rote Ampel mit dem ewigen Licht herunter. Die rostigen Ketten klirren unheimlich in dem dumpfen Gewölbe. Ganz zu fürchten ist das alles. Der rote Schein zuckt über die Wände hin, wo überall, in saubere Glaskästen gesetzt, die Totenköpfe stehen und aus hohlen Augen auf die beiden hinstarren.

Jetzt wickelt der Lois langsam die Fetzen ab. Der Much reißt voll Ungeduld das letzte Tuch weg.

Dann staunt er: „Nobel!"

„Nobel!" lacht der Lois.

„Laß probieren!" sagt der Much hastig und nimmt die Büchse auf. Er preßt die Fäuste um den Schaft. Dann hebt er die Büchse an die Wange.

„Auf den da mueßt zielen", lacht der Lois und wischt den Staub von einem Glaskasten weg, „dös ischt a Jager gwesn!"

Die leeren Totenaugen leuchten in dem unruhig flackernden Licht. Der Much zielt höher, auf die breite, helle Stirne hin, auf die ein schwarzes Kreuz gemalt ist und Tag und Jahr des Todes.

Fest wie im Schraubstock hält er die Büchse. Jetzt hat er das Kreuz haarscharf auf dem Korn und macht den Finger krumm.

„Nit schießen, du Stoanesel", schreit der Lois und schlägt ihm den Lauf nieder, „sie ischt ja schun gladen und nacher —", lacht er laut und nimmt die Büchse wieder, „der Jager, auf den du schiaßen willst, ischt ja eh schun derschossen!"

Dann wickelt er wieder sorgsam die Fetzen um Lauf und Schäft. „Auf an hinigen Jager schiaßen", sagt er dabei, „dös ischt nix. Aber auf an ... an andern ..."

Und lacht, daß es unheimlich von den Wänden hallt.

Er legt dem Much die Hand auf die Schulter. „Guet", sagt er zu ihm, „hiez hascht sie gsöchen. Wia tuet sie dir?"

„Sie tuet mir nobel", sagt der Much.

„Ischt sie dir nit epper z'schwaar?"

„Na, sie liegt mir federleicht in der Hand!"

„Guet. Nacher kemmen mier da z'samm, bei der Totenkammer. Schlag zwölfe bei der Nacht!"

„Schlag zwölfe bei der Nacht!" wiederholt der Much. „Und was ischt mitm Joch?"

Der Loisl schupft zweifelnd die Achsel.

„Woaßt, Lois, mier schlafen unser fünfe in der Kammer. Die andern drei, die Gitschelen, die schlafen ja kreuzbrav die ganze Nacht aus. Aber der Joch und i, mier liegen in dem gleichen Bett, i bei der Wand, er außen. Bal i da um zwölfe bei der Nacht drübersteig — alle gueten Geister — da schreit er und macht an Heidenlärm, daß der Vater ausm Schlaf kimmt und alles ischt verraten!"

„Nacher schmeißt' ihn halt außer aus der Kisten und nimmst ihn halt mit, bal er sein Maul brav haltet."

„Mier müessn ihm halt das Maul guet zuetüen."

„Dritte Büx ham mier koane. Er ischt halt ünser Treiber!"

„Woll, Lois, der Treiber, der üns die Gamseln zuetreibt, Hölltuifelsakra!"

„So ischt es. Amen!"

— — — — — — — — — — — — — —

Wie der Much heimkommt, ist die Plentenpfanne schon völlig leer. Er schiebt die drei Gitschen weg, die heißhungrig, wie die jungen Geier in den Plenten schlagen, haut dem Joch, dem vollen Freßsack, mit dem Holzlöffel über die langen Finger und rauft mit ihm um die letzten Brinzen. Dann sauft er in einem Zug die Milch aus dem Häfen und leckt sich den weißen Schnurrbart ab.

Der Vater liegt urbehaglich und breit in seiner ganzen Länge auf der Ofenbank. Er hat die alte, rotscheckige, kreuz und quer zerflickte Hausjacken an, die lange, bockshäutene Bundhosen, die noch vom Urahnl ist, strumpfsöcklig ist er und über dem Kopf hat er die blaue Zipfelhauben. Hinter seinem Buckel aber, unten beim Kreuz, liegt zusammengerollt die Hauskatz und schnurrt. Sie muß ihm dort im Kreuz liegen bleiben, zur Vorsorge, wenn etwa der Winter wieder das Rheumatische bringt.

Er blinzelt eine Weile in das Kerzenlicht, das über die Wände flackert und wartet, bis der Much mit dem Essen fertig ist. Dann hebt er zu reden an:

„Also, meine Büebelen, söchts! Bal der Haunold langsam die Winterhauben über die Ohren ziacht, kimmt dem Bergführer sei schianste Zeit. Versteht si, bal er guete Herrn hat ghabt den Summer über und pfundige Turen, daß dös Guldensackl gstrotzt voll ischt. Hiez hat er Rueh und tuet nix wia rasten. Bei der Nacht schlafen wia a Murmeltier bis in helliechten Tag eini und beim Tag nacher brav essen, a bissele weindln, a bissele karten, so geaht die Zeit ummer und der arme Bergführer, der im Summer von der Rennerei kofelauf, kofelab so zaundörr worden ischt, daß dös Gwandzeug lei so an ihm wachelt und schlottert, setzt langsam wieder a bissele Speck an, wird föschter, geht schian stad in die Breiten und füllt Joppen und Hosen wieder aus. Im Summer nacher ischt er todfroh um sein Winterspeck, drum liegt er hiez auf der Ofenbank und greift koan Berg nimmer an . . .“

„Gar nimmer, Vater?“ fragt der Much so nebenbei und schaut die Plentenpfanne an, wie sie auf der Hinterseiten so schön schwarz glänzt vor lauter Ruß.

„Luederbue, du damischer!" fährt der Vater auf, daß die Katze erschrocken in die Höhe schießt — er erwischt sie gleich bei der Bucklfalten und steckt sie wieder ins Kreuz — „was fragst denn so? Oder soll epper der arme Bergführer nix ham vom Leben? Den ganzen Summer lang mueß er zueschaugn, wia die Gamseln in die Felsen stehn, keck und sauber, wia auf die Scheiben gmalt. Er kann ihnen nicht nachsteigen, weil er so an herrischen Herrn hinter seiner am Seil dranhängen hat, der die Gams nit versteht, weil er nit jagerisch ischt, höchstens daß er die Sach fotografisch packt. Aber der Bergführer kann sie nit schiaßn, weil er lei so an sakrischen Eispickel in die Händ hat, mit dem der nobelste Schütz nit schiaßn kann. Und hiez in der böschten Gamsenzeit, wo der arme Bergführer frei und ledig ischt, da soll er epper auf der Ofenbank liegen und . . . liegen . . . und . . ."

Er schluckt heftig und schaut zornwütig in der Stube rundum. Dann greift er um das Weinglas und leert es mit einem Zug. Er wischt den Bart aus und schreit; „Und epper, ha? Geaht dös wem was an, ha? Und enk geaht dös gar nix an, was enker Vater tuet!"

„Eh nit", sagt der Much und fährt mit dem Zeigefinger über den dicken, schwarzen Ruß.

Der Vater streckt sich wieder auf die Bank hin und blinzelt in das Kerzenlicht, das jäh aufzuckt, so oft eine Nachtfliege durch die Flamme huscht. Die Katz schnurrt und er ist wieder völlig zufrieden.

Plötzlich, als hätte er jetzt erst etwas begriffen, fragt er: „Woaßt leicht was, Much?"

Der Much bläst die Backen auf und schmiert langsam die rußigen Finger darüber. „Was soll i denn wissen?" fragt er recht dumm.

„Nix, du Dolm!" brummt der Vater, „und überhaupt, hiez wird nix mehr g'redt von der Sach. Und bal enk wer fragt — enker Vater macht sie aus die Gams ganz und gar nix, verstanden? Enker Vater ischt an armer, ausgschuntener Bergführer, der auf der Ofenbank liegt und sein Winterspeck ansetzt, basta."

— — — — — — — — — — — — — — — —

Der Mond verschließt sich hinter den nachtschwarzen Wolken. Aus dem Wald her springt der Wind und orgelt in den Lüften. Wild braust er um das Kramerhansenhaus. Beim Jagerhaus hinten, im schwarzen Schatten vorbei, schlägt ein Fensterladen zu und geht knarrend wieder auf.

Wie die Buben über den Friedhof schleichen, schlägt die Zwölferstunde oben auf dem Turm. Sie ducken sich nach der Mauer hin und spähen nach allen Seiten. Dann tappen sie nach dem niederen Gemäuer weiter.

Im fahlen Licht des halbversteckten Mondes äugen sie über die Totenkammer hin. Da bleibt dem Joch der Herzschlag stecken. Fester faßt er die Hand des Much. Über die Friedhofsmauer steigt ein Kopf auf, eine höllisch-häßliche Larven, der Teufel selber. Unheimlich leuchten die grünen Glutaugen und das wilde Zottelhaar weht im Wind, daß einer nicht sagen kann, sind Hörner darunter oder nicht.

Der Teufel pfeift wie die Grasmucken.

Die weißen Zähne lachen aus dem schwarzen Gesicht: „Guet ang'rueßt, ischt halb gwunnen!"

Er mustert den Joch, dem noch die Zähne fröstelnd aufeinanderschlagen und die Knie zittern.

„I moan, Joch", sagt der Loisl, „bal du hiez nit rueßschwarz waarst, nacher waarst kasbloach!"

„Ja", haucht der Joch schlotternd.

In der Totenkammer vor dem ewigen Ampellicht, das bei dem Sturm unruhig über die Totenköpfe hinzuckt, muß der Joch drei Finger in die Höhe recken und schwören, „bei allen Hinigen und Heiligen", daß er kein Wort von dem, was dann geschieht, aus seinem Munde ausfahren läßt.

Dann versteckt der Much seine Büchsen unter dem schwarzen Wetterkragen, der Lois die seine in der Joppen. Sie schleichen um das Dorf und durch den Wald hinauf ins Innerfeld.

Der Sturmwind putzt den Himmel aus, daß ihnen der Mond über den schmalen Jägersteig scheint, der das weite Schuttkar der Lahnerriebeln hinaufführt zu den Steilstürzen der Schusterwestwand.

Den Joch hat der ärgste Schrecken verlassen, aber seine Augen sind jetzt so voll Schlaf, daß er nimmer sieht, ist es noch Nacht oder schon Tag. Er stolpert hinter den andern drein und einmal, wie er langlängs über eine Latschenwurzel hinschlägt, bittet er: „Laßts mi schlafen!"

„Müessn die Jager den Treiber nachitreibn!" schimpft der Lois und stößt ihn auf. Der Much faßt in der Rinne zwei Händ gupfvoll Schnee und steckt sie dem Joch hinten am Hals unter das Hemd. Da schüttelt ihn die nasse Kälten und er ist wieder eine Weile munter.

Wie sie hoch oben im Gjaidkar sind, schliefen sie in einem Felsloch zusammen, schlingen Brot und Speck hinunter und warten bis es Tag wird.

Die Morgenkälte weckt sie. Sie strecken ihre Knochen wieder gerade und richten sich zur Birsch. Da — plötzlich — hören sie unten im Schuttkar Steine springen. Sehen können sie nichts, weil unten die Welt voll Nebel steckt.

Sie halten den Atem an und loosen eine Weile. Der Joch nimmt seinen Stecken schußfertig in die Hand und lauert hinunter in den dämmernden Nebel.

„Ischt dös wahr, Lois", sagt der Much, den Finger krumm am Züngel, „daß der Jagerpeter heut auf Bruneck fahrt?"

„Todsicher", sagt der Lois, „er mueß auf die Hochzeit von sein Bruedern."

„Nacher kimmt er epper erscht morgen."

„Morgen und mit so an Batzenrausch, daß er drei Tag lang den Gamspfiff nit vom Flöhhusten ausnandkennt!"

„Und dös Stoanerspringen da unten?" fragt der Joch.

„Dös ham die untern Gams lostreten", sagt der Lois, „dö kriegn m'r nit, weil sie im Nebel sein. Mier geahn üns um die obern. Auf hiez!"

Draußen im weiten Tiroler Land steigt langsam der Tag höher. Die Sonne faßt schon die obersten Spitzen. Der Wind jagt eiskalt aus dem Talboden.

Sie klettern das lange Felsband entlang, das hinüberzieht ins Innichriedlkar. Der Fels ist scharf, die Griffe sind schlecht. Steif und starr sind die Finger gefroren. Das Blut quillt dem Joch unter den Nägeln hervor.

„Luederbüx", flucht der Much. Bald hat er mitten in der Kletterwand den schweren Schaft zwischen den Knien, bald spießt sich das Rohr im engen Riß, bald würgt ihm der Riemen schier den Hals ab.

Der Lois lacht aus seiner kohlschwarzen Teufelsfratzen und späht hinunter ins Kar.

„Glei ham m'rs!" sagt er.

Und nach zwei Stunden, wie endlich das Band breiter wird und der damische Wind, der sie schier aus den Felsen schmeißt, aussetzt, sagt er wieder: „Glei ham m'rs!"

Die Sonne brennt den Nebel auf. Fetzenweis taucht tief unten das Innerfeldtal auf, die Schusterhütten, der Weg hinaus ins Innichner Land. Wieder springen irgendwo Steine.

„Sein dös hiez die obern oder die untern Gams?" fragt der Much und hält keuchend ein.

„Dös sein die mittleren", sagt der Lois.

„Nacher ischt ja die Welt da voller Gams?" meint der Much.

„Glei werdn etliche weniger sein", lacht der Lois und klopft liebevoll auf den Schaft seiner Büchse.

Das „Glei" dauert wieder zwei endslange Stunden. Es geht schon gegen Mittag, wie drüben bei den Lahnerriebeln sich der Lois plötzlich auf den Bauch schmeißt und dortliegt, wie tot.

„Bscht!" deutet er.

Der Joch, der Much, wie sie stehen, fallen sie um.

„Der Jager", haucht der Joch, krallt sich in den Boden und zieht den Kopf ein; „hiez ischt alles hin!"

Der Much schließt bäuchlings zu dem Felsblock, hinter dem der Lois gedeckt liegt.

„Schaug", deutet der Lois. Er tut das Hütl weg, streicht die Haarzotten glatt und späht hinter dem Felsen vor.

Dem Much pumpert das Herz ganz wild. Er macht zwei tiefe Schnaufer, dann tut er so wie der Lois und äugt hinab.

Vor ihnen liegt das weite Kar, voll Schutt und wildem Blockgeröll. An der Stelle, wo sich die Schutthalden vom kleinen und vom richtigen Schusterspitz treffen, zieht ein dünner Grasstreifen empor. Dort stehen die Gemsen, drei, fünf, acht, ein ganzes Rudel.

„Mier sein no z'hoch", flüstert der Lois und drückt dem Much den Lauf nieder, „mier müessn üns zu dem söllen Köpfl hinbirschen, aber schian stad. Der Wind ischt guet!"

Sie ziehen die Schuhe aus und werfen sie über die Achsel.

„Joch", pfeift der Lois.

Der Joch liegt noch immer langlängs auf dem Boden und hat die Augen fest geschlossen.

„Bleib liegen, du Dolm", sagt der Lois, „bal du schiaßn hörst, kimmst nach!"

Strumpfsöcklig springen die beiden über das Blockgeröll, die Büchsen vor sich in den Händen, um auf den schmalen, scharfen Kanten das Gleichgewicht zu halten. Nach jedem Sprung hingeduckt in die Schatten, gedeckt in Löchern und Schlüffen, erreichen sie keuchend den kleinen Felskopf.

„Guet", schnauft der Lois, „sie sein no da!"

Die beiden liegen gedeckt und schnaufen.

„Ganz stad müeß m'r werdn!" flüstert der Lois.

„Mhm", nickt der Much. Er spürt das Herz bis an die Finger schlagen. Langsam zieht er die Büchse auf und prüft das Schloß.

Der Lois baut vorsichtig etliche Steinbrocken hin, dann schiebt er seinen Grind dahinter und schaut hinunter auf das Grasband.

Dann flüstert er dem Much ins Ohr: „Mier ham sie schian im Schuß. I nimm dös Böckl, dös in der söllen Rinn steaht und du die Goaß nebenbei. Schian stad hinhalten und die Mucken aufs Blatt setzen. Nit gach abreißen, ganz lind dös Fingerl krump machen und ganz leicht — so bw — dös Kügerl außiblasen, verstanden?"

Der Much nickt. Er richtet sich vorsichtig seinen Ausschuß auf der anderen Seite des Felskopfes und schiebt die Büchse hinaus.

„Bal i stad durch die Zähn pfeif", erklärt der Lois, „nacher betet jeder no schian: „Globt sei Jesu Christ" und ziacht ab!"

Sie legen sich hin und zielen hinunter.

„Wia tuets?" fragt der Lois und schaut prüfend zum Much hinüber, „du naggelst ja wia a nasser Hund!"

Es ist das erste Mal, daß der Much so daliegt, die Büchse im Anschlag und die Gemsen vor sich. Das Herz springt noch immer ganz wild und vor den Augen tanzt das ganze Innerfeldtal auf seiner Mucken.

Es ist alles ein roter, wilder Wirbel. Da reißt er den Schaft fester gegen die Wange und preßt die Faust um das Schloß. Er schnauft tief, etliche Male, dann hat er richtig das Grasband auf der Mucken und die Gemsen, das ganze Rudel.

Jetzt klaubt er das Rudel auseinander, das ruhig aufwärts äst. Das Böckl seitwärts in der Rinne und voran die Gaiß, seine Gaiß — — Fest wie Eisen krallt er die Fäuste ein und nimmt die Gaiß auf die Mucken drauf. Er schiebt den Finger langsam an das Züngel und zischt: „Magst pfeifen, Lois!"

Schön hat er sie, das Blatt mitten drauf. „Gelobt sei . . .", betet er.

Da . . . hellauf . . . kracht unten ein Schuß durchs Kar. Der Much reißt ab . . .

„Tuifel", fährt der Lois auf, „dös ischt . . . der Schuß war ja unten im Kar . . . dös ischt der Jager . . . Stoanesel, was mueßt denn schiaßn? . . . Hiez sein m'r verraten! . . . Er hat dein Schuß g'hört . . . Hiez müeß m'r gach durchauf!"

Schon springt bocksnarrisch der Joch daher.

„Zruck", schreit der Lois, „der Jager ischt unten . . . mier müssn über die Höh . . ."

Sie satzen über das Blockgeröll hinauf, rennen hinüber ins obere Schusterkar und über das Band hin zur Westwand.

Hinter einem Felszacken geduckt, bleiben sie erschöpft liegen. Der Atem fliegt. Der helle Schweiß trieft ihnen von der Stirn, daß der dicke schwarze Ruß in langen Streifen hinunterschwimmt in den Hals.

Sie hören noch immer, wie unten im Kar die Steine springen. Ein großes Blocktrumm tanzt über die Wand hinaus, schlägt krachend in den Schutt und löst einen Steinschlag, der langhin in den Wänden rollt.

„Er ischt hinter üns", schnauft der Joch, „hiez sein m'r hin!"

„Dolm", sagt der Lois, spuckt über den Felszacken hinunter. „Durchs Innerfeld kemmen mier nimmer außi", sagt er, „mier müessn ummen ins Fischleintal."

Er beugt den Kopf zurück und schaut über die jähe Wand empor.

„Du moanst . . . dös hoaßt . . .", sagt der Much, „mier müessn über Schuesterspitz drüber . . .?"

„Dös moan i", lacht der Lois eisern. „Zeit ischt no gnue. Der Jager ischt a lötzer Steiger, übern Schuester steigt er üns nit nach. Sèid ös schun aufm Schuester gwesn?"

„Na", sagt der Joch.

„Aber er ischt ünser nächster", sagt der Much, und hebt langsam und sauber das Seil von der Baroneß Rolanda aus dem Schnerfsack.

— — — — — — — — — — — — — — —

Ein gutes Trumm hinter Mitternacht, da kommen sie, sauber hergerichtet und gewaschen, gegen das Dorf. Der Lois schleicht über den Friedhof. Die Stabelerbuben pirschen vogelflink beim Jägerhaus vorbei, heimzu.

Seltsam, in der Stube daheim ist noch Licht. Sie sehen, wie die Mutter beim Tisch sitzt und betet. Wie sie die Buben hört, springt sie zur Türe: „Vater?"

„Na, Muetter, sein's lei mier!"

„Habt's den Vater nit g'söchn?"

Der Much schüttelt den Kopf.

Sie sind ganz ausgehungert, alle zwei, fallen über die Milchnocken her und dann flacken sie sich, todmüd, in ihr Bett. — —

Es ist hellichter Tag, wie sie erwachen. Sie horchen eine Weile und hören, wie der Vater durch die Zimmerwand schnarcht.

„Gspaßig ischt dös", sagt der Much, „wo er do gsagt hat, der arme Bergführer mueß bei der Nacht brav schlafen wia a Murmeltier und beim Tag soll er lei essen, weindln und karten!" — —

Erst mittags bei der Knödlschüssel taucht der Vater auf. Sie sehen, wie er auf einem Fuß krumm geht. Er setzt sich ein wenig umständlich und schwerfällig an den Tisch und hebt langsam zu essen an.

„Er raacht an Schlechten", flüstert der Joch.

„Halt's Maul!" zischt der Much.

Dann ist es eine Weile völlig still in der Stube. Nur die Löffel stoßen scharrend nieder auf den Grund der Schüssel.

Da fährt, mittendrein, mit Hussa und Holla, mit Juchschrei und Peitschenknall etwas die Straße daher.

Die Buben, der Vater, alle springen an die Fenster.

„Au!" schreit der Vater, der auf seinen krummen Fuß vergessen hat.

80

Berghut, Seil und Pfeife — die „Insignien" des Bergführers. Im Hintergrund die Drei Zinnen.

Wenn der Stabeler Much „bequeme" Herrschaften führen muß ...
(Fußweg ins Fischleintal mit dem Einser)

Eine fesche Fuhr, der Schimmel, springlustig, tanzt voll Übermut, mit Blumen und Grasbuschen ist er aufgeputzt. Dahinter auf dem Kutschbock schief oben, den Lodenhut mit dem Gamsbart hinten im Genick, sitzt der Jagerpeter, schnalzt die lange Peitschen und hat einen Batzenrausch, daß er sich kaum mehr halten kann.

„Wia . . . wia gibts dös? . . .", stottert der Joch.

Da tritt ihm der Much auf die Zehen.

„Wia gibts dös, daß der mit sein Rausch no so fahren kann?" verbessert sich der Joch.

Der Vater setzt sich kopfschüttelnd nieder.

„Dös gibt's", sagt er.

Dann plötzlich, mit dem halben Knödel auf der Gabel, starrt der Vater zur Stubendecke empor. Sein Blick geht in die Ferne, als müßte er dort etwas, das er schon einmal gesehen hat, noch einmal genauer anschauen.

Der Joch, der Much essen ruhig und beharrlich weiter. Nach einer Weile wird der Vater wieder lebendig. Scharf und prüfend schaut er zu den Buben hinüber.

Es sind Speckknödel. Man kennt es, daß im Sommer gute Herrschaften am Seil waren, denn die Speckwutzeln stehen dick und fest beisammen.

Der Vater läßt die Gabel sinken. Er schaut nur beharrlich den Joch an, der anhebt, unruhig auf der Bank hin und her zu rutschen.

Langsam steht der Vater auf, geht um den Tisch herum, macht den Finger naß und fährt dem Joch hinter das Ohr.

„Was denn, Vater?" fragt der Joch unsicher und schiebt den Knödelbrocken in den anderen Backen.

Der Vater betrachtet eine Weile seinen Zeigefinger. „Rueß", sagt er.

Dann haut er dem Joch eine hinter die Ohren, daß er kopfüber von der Bank hinuntersaust und hinter den Tisch kugelt.

„So", sagt er, und wischt den Finger an seine Hosen, „dös ischt nit wegen dem. Du woaßt schun, was i moan. Dös ischt wegen was andern. Lei weil du den Rueß so schlecht wöckgwaschen hascht, du Dolm!"

Der Joch sagt nichts. Er sieht noch alle Sterne tanzen, grün, rot und blau.

Der Vater faßt den Much beim Kragen, reißt ihn hoch und fragt: „Wo seid's gwesn?"

„Nit weit, Vater", sagt der Much.

„Lei in die Lahnerriebeln, gell?"

Der Much schweigt.

Der Vater schluckt auf, geht um den Tisch und hockt sich wieder hin. Er spießt den halben Knödel wieder auf und führt ihn ein.

Dann liegt er den ganzen Tag wieder in seinem rotscheckigen, kreuz und quer zerflickten Janker auf der Ofenbank und hat die Katz beim linken Knie liegen, weil es ihn schmerzt.

Langsam kommt der Vater wieder in sein Gleichgewicht und beim vierten Viertele ist er völlig zufrieden. — — —

Abends, wie er über die Stiegen stapft, hinauf in die Schlafkammer, bleibt er plötzlich stehen, schmunzelt ein wenig und sagt zu den Buben, die hinter ihm hersteigen: „Gestern ischt es dumm gangen, Bueben. Mier ham g'moant, der Jager ischt oben, hintern Felsköpfl, und vergunnt üns die Gams nit, weil er hinter mein Schuß nachipölzt hat . . ."

„Und mier ham g'moant . . ."

„Dös woaß i schun, ös Lappen, ös blinden, schaugts enkern leibhaftigen Vatern für den Jagerpeter an und seids so törrisch dabei, daß ös nit amol seine Büx kennts nachm Hall. Aber morgen . . ."

„Morgen?" spitzen die Buben ihre Looser.

„Morgen, geahn m'r mitnand, daß nit wieder der Vater vor seine eignen Malefizbuben davonspringen braucht und sie sein Knie halb derstößt. Morgen bei der halben Nacht, ehvor der Jagerpeter sein Batzenrausch ausgschlafen hat, geahn m'r ins Innerfeld und holen üns, was in die Lahnerriebeln liegt . . ."

„Dös tüen m'r!" jauchzt der Joch.

„Vater, epper holen mier dös alloan, bal enk der Weg z'beschwerlich ischt. Es geaht ja um den Winterspeck, den der Bergführer braucht, daß er im Summer eppes zuesetzen kann!" sagt der Much und geht weit genug weg, daß ihn der Vater nicht zum Schopfbeuteln erwischt.

Aber der Vater lacht bloß.

Die Buben wissen sich gar nicht zu helfen vor lauter Freud. So wie heut der Vater mit ihnen redet, als wären sie nicht mehr Buben, sondern junge Mannsleut und Kameraden!

„Vater", sagt der Much und steigt eine Staffel höher, „hiez müessn m'r no eppes sagen: Mier sein übern Schuester!"

„Luederbueben, epper do nit über die Westwand?"

„Woll, über die Westwand!" schreit der Joch.

Der Vater schaut seine Buben eine Weile an. Dann sagt er: „Dös kimmt alles, weil ös so an Vater habts, und —"

„Und", schreien die Buben, „von der Baroneß ihrem gueten Seil!"

as hintere Gantspitzl

Eine Nase, die kühn und mächtig aus dem Gesicht springt und auf der ganz oben, wo sie völlig waagrecht führt, ein blauer Zwicker tanzt, dann ein strohblonder Backenbart, wohlgepflegt und nach Kaiserart geschnitten, eine rotsamtene Weste und ein langer, schwarzer Frack mit wehenden Flügeln: So steht der Herr von Schmiedmann beim Stabeler in der Stube, schiebt seinen steifen, sonnengelben Girardihut zurück, daß eine kecke Locke unternehmungslustig über die Stirn fällt, wirbelt ein silbernes Spazierstöcklein zwischen gelenkigen Fingern und pfeift in die Gegend des weitläufigen Kachelofens hinein, wo in der zwielichtigen Finsternis bloß die bockshäutene Hinterseite des alten Stabeler sichtbar ist.

Wie alles still bleibt in dem tiefen, dämmrigwarmen Dunkel des Ofengebäudes, haut der Herr mit seinem Silberstöcklein auf die gespannte Bockshaut hin und ruft: „Auf, Stabeler, altes Murmeltier!"

Da schießt springgiftig mit grünfunkelnden Augen die Katze aus dem Dunkel und jagt durch die Stube, dann beginnt sich mit Geächz und Gestöhn der alte Stabeler aus dem brunntiefen Schlaf zu lösen, schiebt die Zipfelhaube langsam aus den Augen und tappt mit allen zehn Fingern in die Welt.

„Luederkatz, wo bischt?" krächzt er.

Dann blinzelt er mißtrauisch in das schwache Tageslicht und fragt grantig: „Was gibt's?"

Plötzlich gibt es ihm einen Ruck.

„Oh . . . dös ischt ja . . . sakrisches Tuifele . . . der Herr von Schmiedmann selber . . . oh . . ."

Und schlieft stöhnend hinter dem Ofen hervor.

„Glei bin i's! Na, so was! Mir hat aber den ganzen Tag schun dös linke Ohrwaschl g'sumst. Da kimmt allweil was guets, a nobler B'suech oder so was . . .!"

Der Stabeler faßt seinen linken Fuß mit beiden Händen und stellt ihn mühsam auf den Boden hin. Dann tappt er, Schritt für Schritt, zur Türe hin und schreit ins Haus: „Hö, Weib! Wein her! Der Herr von Schmiedmann ischt kemmen! Nobler B'suech, und ös schlaft's alle! Auf, sag i!"

Dann schlüpft er aus seiner alten, roten, kreuzerflickten Hausjacke. Er verrenkt die Arme dabei, beißt die Zähne aufeinander, und Falten zucken über sein Gesicht. Er nimmt die Lodenjacke vom Nagel, will dreinschlüpfen und trifft dreimal das Ärmelloch nicht.

Wie er endlich drinnen ist, steht ihm der Schweiß auf der Stirne, als hätte er damit grad die schwerste Arbeit getan.

Der Wein kommt. Der Stabeler schenkt behutsam die Gläser voll, schiebt einen Stuhl vor und meint: „So! Tuet der Herr lei niedersitzen, hiez!" und macht einen schnellen Blick von der Seite zum Herrn von Schmiedmann hin.

Der aber steht unbeweglich in der Mitte der Stube und starrt wie gebannt auf den Alten.

Er nimmt den blauen Zwicker ab und schüttelt heftig den Kopf: „Stabeler, was ist denn mit Ihnen?"

Zieht der Stabeler die linke Schulter ein wenig hoch und fragt unsicher: „Was soll denn sein?"

„Stabeler, Sie sind ja krank!"

„Krank nit", sagt der Stabeler schnell, und greift um das Weinglas, „lei a bissele winterstarr no, Herr. Dös Liegen macht mi allweil ganz steif. Aber dös vergeht schnell, bal mier a saubere Tour machen, Herr!"

Und wie zum Beweis fuchtelt er mit den Armen in der Luft herum, greift beim höchsten Wandbalken in die schmalen Fugen, krallt sich mit den Fingern fest und beginnt, sich nach der Wand aufzuziehen.

Oh, der Herr von Schmiedmann, seine beste Kundschaft, der letzte von seinen guten, noblen Herrn! Einer, der die Berge noch richtig versteht, der, wenn er aus seinem Frack in das grobloderne Zeug fährt, vor keiner Wand zurückschreckt, der den Berg am liebsten von der allerwildesten Seite nimmt . . . wenn ihm der jetzt ausspringt und über die Straße geht, zum Kaßlatterer oder zu einem andern von den jungen Führern, dann hat er nichts mehr, der alte Stabeler. Dann kann er nur noch für alte, ängstliche Frauenzimmer den Rucksack auf den Helm buckeln, für fünfzig Kreuzer im Tag und muß noch „Gott vergelt's!" sagen . . .

„Schaugts lei, Herr!" ruft der Stabeler, wie er an dem Balken hängt. Aber die Arme zittern ihm. Er kann sich nicht lange halten und sinkt erschöpft auf seinen Stuhl herab. Er faßt das Weinglas und zwingt sich zum Lachen: „G'sundheit, Herr!"

Der Herr von Schmiedmann legt Hut, Handschuhe und Spazierstock auf die Bank hin. Er ist jetzt ganz still geworden, rückt sich den Stuhl zurecht, stoßt an sagt ernst: „Jawohl, Gesundheit, Stabeler!"

Der alte Bergführer hebt sogleich an zu erzählen:

„Der Schnee ist schon aus alle Bänder und Leisten weg, Herr. Der Fels ischt sauber und warm. In alle Rinnen ischt hiez a gueter, föschter Firn. Vor drei Wochen ischt die erschte Partie aufm Haunold gangen und hat die Routen auftan. Aber da ischt no knietief Schnee gwesen. Hiez ischt er am böschten. Im Hochsommer nacher, bal in die Rinnen dös blanke Eis steaht, da wird der Haunold a höllische Sauerei. Wer aufm Haunold will, mueß hiez geahn . . ."

Der Herr von Schmiedmann läßt ihn erzählen und nickt ihm freundlich zu. Dann sagt er: „Ich will nicht auf den Haunold, Stabeler!"

Der alte Bergführer tut grad einen Schluck Wein und, weil er beim Trinken nie hört, was in der Welt los ist, überhört er auch, was der Herr gesagt hat. „A neuer Herrgott ischt hiez aufm Haunold. Koa hülzerner mehr, a gußeiserner. Den sollten mier anschaugn, Herr. Dös ischt ganz was Nobels . . ."

Der Herr von Schmiedmann schüttelt lächelnd den Kopf.

In diesem Augenblick schießt dem Stabeler eben die Gicht in die Knochen, ein scharfer, brennheißer Stich und doppelt zornig fährt er auf: „Hölltuifl, bal der Herrgott aa nix mehr gilt, nacher heben mier halt beim Schuester von Osten an. Der wird woll geahn no, mit meine alten Knochen . . . Sakragicht verdammte . . . Den Schuesterkamin werd i woll no derpacken . . .“

Er unterbricht sich und schaut auf den Herrn hin, der ihn ernst und schweigend betrachtet.

„Wißt's, Herr“, sagt der Stabeler rasch, „dös ischt allweil dös größte Übel bei die Turisten. Herkemmen da, nach Innichen, und glei den Schuester packen, von Westen natürlich. In der halben Wand bleiben sie stecken, weil sie ja no nit richtig eingangen sein, und mier Bergführer müessn sie nacher aus der Wand außerklauben. Na, Herr! I sag allweil: Dös mueß schian nach der Ordnung geahn. Für dös hat üns ja der Himmelvater die Dolomiten so unterschiedlich gmacht, daß mier bei die Kloanen anfangen künnen, beispielsmäßig beim Haunold — weil dös allmal der Böschte ischt, bal die Knochen so winterstarr sein und steif . . .“

Wieder bleibt dem Stabeler das Wort im Munde stecken und fragend schaut er auf seinen Herrn, der wieder heftig den Kopf schüttelt.

„Mein lieber Stabeler“, sagt er — „Eine verdächtige Red“, denkt der Bergführer —, „das ist ja alles sehr schön und vielleicht auch richtig, hm! Aber ich habe keine Zeit, um die Berge hier so in der landesüblichen

Ordnung durchzuklettern. Zwei Tage Urlaub, Stabeler! Da muß etwas Großes her, etwas Außerordentliches . . ."

„Herr", sagt der Stabeler scharf, „für dös Außerordentliche ischt hiez no nit die Zeit. Da ischt no z'viel Schnee und der Fels ischt no z'kalt. Und die Rinnen sein voller Stoanschlag. Dös künnt i ganz und gar nit verantworten!"

Sobald der Stabeler von der Verantwortung spricht, ist sein bester Trumpf ausgespielt. Wenn der nicht sticht, ist das Spiel so gut wie verloren.

Der Herr von Schmiedmann aber lächelt bloß und wirbelt wieder sein Silberstöcklein durch die Luft.

„Mein lieber, alter Stabeler", sagt er, „Sie sollen sich schonen. So wie Sie beisammen sind, ist selbst der Haunold nicht für Sie zu verantworten. Sie sind ja schwerkrank, Stabeler. Ich will Ihnen doch den Arzt schicken."

„Na", sagt der Stabeler kurz, „i dank schön, Herr! Aber bal der Doktor amol im Haus ischt, nacher ischt es aus und g'schehn, lieber glei den Totengraber. Der Haunold geaht no leicht. Bal es der Herr nit glaubt, künnen mier's ja probieren . . ."

Aber der Herr von Schmiedmann streift schon die Handschuhe über und sagt: „Gute Besserung, mein lieber Stabeler!"

„I dank schön, Herr", sagt der alte Bergführer und richtet sich mühsam auf, „und der Kaßlatterer . . . wohnt aufm Platz . . . in dem großen, gelben Haus . . ."

Der Herr von Schmiedmann bleibt zögernd im Türrahmen stehen, überlegt eine Weile lang und schaut zurück zum Stabeler.

„Er ischt hiez der Böschte, seit mi die Gicht peinigt und er woaß viel. Aber — dö Erstbesteigung, dö i woaß, dö kennt er nit!"

„Erstbesteigung?"

Der Stabeler setzt sich langsam hin und füllt die leeren Gläser wieder an.

Der Herr von Schmiedmann nimmt den blauen Zwikker in die Hand und faßt den Alten an der Schulter.

Der Stabeler trinkt umständlich sein Glas leer, dann sagt er umständlich: „Aber i hab halt mei Bedingung, Herr."

„Und das wäre?"

„Daß der Herr, bal er die Erstbesteigung macht, den Führer nimmt, den i ansag. Ah bal es no koa richtiger Führer ischt, dös hoaßt, richtig schun, aber halt no nit autorisiert!"

Der Herr forscht eine Weile in den Augen des Alten. Dann streckt er ihm die Hand hin: „Gilt!"

Der Stabeler schlägt ein. Dann rückt er sich behaglich den Stuhl zurecht, tut einen Schluck und fängt zu erzählen an:

„Dös ischt im lösten Herbst gwesen. Die Herren waren alle schun ausm Land und i hab Mist gführt aufm Hausfeld. Da kemmen Tag daher, einer schianer wia der ander, warme, goldene Tag, also daß i g'schwitzt hab bei der Mistarbeit wia im Summer und mir nix mehr richtig von der Hand gangen ischt. Über dem Lärchenwald, der schun anhebt, gelb zu werden, steahn ünsre Berg, sauber und klar, hell die Felsen und tiefe Schatten in die Rinnen. Jeden Zacken hat man söchen künnen, so rein ischt die Luft gwesen und i hab mir denkt:

Da hascht hiez den ganzen Summer deine Herren über die Köfel zochen und hiez, wo Rueh waar in die Berg und dös böschte Wetter und koa Gicht weit und breit, mueßt Mistführen, wia a notiger Keuschler. Bischt amal selber dein Herr und ...

Und da hat mi allweil dös Hintere Gantspitzl ang'lacht, Herr. Es schaut nit viel gleich, bal man es vom Tal aus anschaugt. Wer aber davor steaht, siecht, daß es a gewaltiger Turm ischt, a höllischer Zacken, Herr, und es ischt leicht zum Begreifen, daß do no koaner auenkemmen ischt.

„Much", sag i zu mein Buebm, „i mueß amol dös söll Gantspitzl für meine Herrn visitieren. Da, nimm mei Gabel und tue daweil den Mist sauber anbreiten über den ganzen Fleck." Der Much ischt als mein oanziger Bueb hiez daheim, seit der Herr Obervermessungsrat den Joch für die „Geometrie" angstellt hat. I steig auf über den Wald. Leicht ischt es mir in die Knochen und wia a Junger spring i über den weiten Almboden hin zur Wand.

Pfeilgrad schießt sie aus dem greanen Land in die Höh und mir ischt vor mir selber a bissele bang worden, weil i soviel übermüetig war, wia a junger, verliabter Hochzeiter und nit wia a alter Tattel, der schun den Fufzger aufm Buckel hat und den die Gicht krumm ziecht, bal das schlechte Wetter einfallt.

Die G'schicht hebt recht schian an: A paar nette Schröfeln, guete, föschte Griff, nacher a Band, schian broat, daß man mitm Kinderwagl drüber fahren kunnt und dann — dann ischt es aus. Da därf ma guete Augen ham, daß ma in der glatten Wand den schmalen Riß no siecht, der grad aufzieht, nit breiter z'erscht, als daß die Finger drein Platz habm.

Der Riß hat mi hoaß g'macht. I zwing mi auf und höher oben hat schun der Schuech Platz, dann schieb i die Schulter ein und schlief auf und höher, allweil höher. I spür schun den Gipfel über meiner, so frei und luftig wird alles rund um mi her, da zieht si der Riß wieder z'samm auf a kloanwunzigs Spaltele, hört ganz auf, dafür aber hängt der Fels über, wia a Regendachl so schian und so weit. Gießen hätt's künnen, i waar ganz trucken blieben.

„Mhm", hab i mir denkt und hab linker Hand griffen — nix wia die glatte Wand. I greif rechter Hand, akrat so, die glatte Wand. I tue den Kopf weit zruck und schaug in die Höh: Der wampete Felsen und drüber der laare Himmel.

I suech mir an gueten Stand, daß i die Sach in Rueh überlegen kann. Aber da ischt bald fertig überlegt: „Über den Felsbauch drüber oder — oder zruck!"

Wia i über den Riß zruck obischaug, siech i unter meiner oan klettern. Er schlieft über die Wand auer, grad auf mein Platzl zue.

„Und der Mist?" frag i über die Wand obi.

„Der rennt üns net davon, Vater!"

„'s Gantspitzl aa nit", sag i zwider.

Der Much redet nix und steigt weiter, bis er neben meiner steht, grad unterm wampeten Block.

„Was möchst denn du da?" frag i.

„Helfen", sagt er.

„Lausbue", schimpf i fuchsteufelswild, „halt di an, daß i dir oane hinter die Ohren brennen kann. Will der Bue da, der junge, an alten Bergführer helfen."

„Vater", sagt er ganz ernst, „alloan kemmts da nit auen!"

„Soweit hat er nit unrecht", denk i, „bal si der oane föscht in den Riß zwängt und der andere steigt ihm auf den Buckl und greift über dös Dachl drüber, kann er den Gipfel packen."

So stell i mi föscht in den Riß und sag:

„Steig!"

Aber der Much, mei Bue, schüttelt den Kopf, stellt sich föscht hin, macht an broatn Buckel und sagt: „Steigts lei ös, Vater!"

Es hat koaner von üns a Seil mitg'habt, also kimmt lei oaner auf den Gipfel.

„Much", sag i, „du hascht es nöter, du mueßt an Namen als Erstbesteiger kriagn, steig lei du!"

„Den Namen kriag i schun wo anders", sagt er, „nit da aufm Gantspitzl, steigts lei ös Vater!"

„Epper glaabt er gar, i trau mi nit", denk i mir und schau mir no amal die ganze Gegend rundum recht gründlich an.

„Mach an gscheiten Buckel!" sag i. Dann steig i ihm auf die Knie, auf die Achsel, tapp über den wampeten Felsen drüber und ziech mi auf. A Weil sein woll die Haxen in der Luft glangelt, aber nacher hab i an Tritt kriagt und der Gipfel hat mein g'hört.

Sakraschwanz! Ischt die ganze Plag umsünst! Aufm Gipfel ischt schun a Stoanmandl. I klaub die Trümmer auseinander. A Zettel Papier ischt drein und drauf steaht: „Michael Kruselberger, vulgo Stabeler der Jüngere, Führer-Aspirant in Innichen, den 20. August 1897."

„Lausbue", will i über die Wand obischimpfen. Aber da kimmt er schun dahergschloffen und lacht: „Seids guet auerkemmen, Vater?"

So ischt es, Herr! Aufm Gantspitzl hab i gspürt, daß der Mensch alt wird."

Der Stabeler tut einen festen Schluck. Dann tappt er zur Tür hin und schreit ins Haus: „Much!"

Wie dann der junge Stabeler in der Türe steht, fest und gesund gewachsen, kerzengrad wie eine Jungtanne im Hochwald, auf und auf voller Kraft, wie er ein wenig ungeschickt und verlegen mit den sehnigen Armen hin- und herschlenkert, als würde er irgendwo eine rechtschaffene Arbeit für sie suchen, da schaut der alte Stabeler wohlgefällig an dem jungen Mannsbild auf und nieder und sagt: „Dös ischt der Much."

Dann wendet er sich herum und deutet auf den Herrn: „Und dös ischt der Herr von Schmiedmann, für den mier die Erstbesteigung vom Hintern Gantspitzl aufg'hebt ham. Den sollst du morgen über die Wand auenführen!"

„Den da?" entfährt es dem Much, wie er den langen, zweischwänzigen Frack sieht, die rote Weste mit der spitzigen Hennenbrust, den hohen Stehkragen und das ganze geschniegelte, gebügelte Menschenwesen, das in dem Zeug drinnen steckt.

„Dolm!" schimpft der Stabeler wild, „den Herrn von Schmiedmann, versteahst nit, Stoanesel, damischer!" Und blinzelt dem Much zu und reibt den Daumen mit dem Zeigefinger.

„Lassen Sie nur, Stabeler", lächelt der Herr von Schmiedmann und streckt dem Much fröhlich die Hand hin.

„Wissen's Herr", erklärt der Alte, „mit mein Buem ischt es so: Mit die Manieren hat er's nit, aber im Klettern ischt er bärig!"

„Gerade das brauch ich", lacht der Herr von Schmiedmann und wirbelt wieder sein Silberstöcklein in der Luft rundherum „Manieren helfen mir nichts, aber ein bäriger Kerl zum Kletttern!"

„Oh, der Herr von Schmiedmann ischt ah bärig zum Klettern", lacht der Alte.

Und dann lachen sie alle drei.

# utorisiert zum Schafsuchen

Draußen rennt ein Bergwettersturm wild an die Fensterscheiben. Drinnen aber beim Adlerwirt in der Stube hocken die Bergführer beisammen und hauen die Trümpfe auf den Tisch.

„Herz ischt Trumpf!" schreit der Girgl, drückt das linke Aug zu und zielt auf die schwarze Mari.

So einer wie der Girgl hat leicht nach den jungen, sauberen Weibsbildern zu blinzeln, wenn er breitbatzig und autorisiert dort sitzen kann, den neuen, schönen Führerstern an der Brust, grad über der Herzgegend und der Adlerwirt bindet ihm den Sommer über lauter pfundschwere Herren ans Seil. So oft es beim Kartenspiel zum Zahlen ist, auch wenn es bloß um einen roten, notigen Kreuzer geht, greift der Girgl in den Hosensack tief hinein und fischt seine ganze Barschaft heraus, die Hand gupfvoll blanke, saubere Silbergulden und läßt sie hell und schneidig klingeln, ehvor er aus dem Geldhaufen den kupfernen Kreuzer herausklaubt.

„Mari, sauf!" schreit der Girgl und schiebt der Kellnerin das Weinglas zu. Sie hebt es vorsichtig mit beiden Händen auf, daß sie nichts von dem sündteuren Wein verschüttet, den der Girgl trinkt, und sagt: „Auf dein Wohl, Girgl!" nippt ein ganz klein wenig, kaum, daß sie die Lippen netzt und stellt das Glas schnell wieder hin.

Der Girgl beobachtet mißtrauisch jede ihrer Bewegungen. Dann greift er unzufrieden um das Glas und schüttet den Wein mit einem Schwung in die Gurgel.

Die Sache paßt ihm ganz und gar nicht und er tut einen schnellen Blick zum Ofen hin, wo der Stabeler Much breit auf der Bank flackt und gähnend das Maultor aufreißt, daß die Kinnladen krachen.

Der Much weiß, was sich für einen jungen, notigen Menschen gehört, der nicht autorisiert ist und nichts im Hosensack hat, nicht einmal einen roten Kreuzer, wenn drüben am besten Tisch die Bergführer mit harten Knöcheln ihre Trümpfe hinhauen und die Silbergulden klingen lassen. Also tut er das Maul wieder zu und schaut hinauf auf die zirbene Decke, wo die Sommerfliegen stehen.

Dann hebt er ganz für sich, daß ja um Gotteschristiwillen die autorisierten Bergführer drüben nicht in ihrer Arbeit gestört werden, zu erzählen an: „Also kimmt der alte Thomaser, der Bauer selber, zu mir und sagt: „Much", sagt er, „wia i hör bischt du in dera Gegend guet bekannt, hinterm Haunold hinten, moan i. Es geahn mir nämli sieben Schafln ab, kennst sie woll, meine schwarzscheckigen — von der Gantalm sein sie durch, der Tuifl woaß, wohin. Mei Halter, der alte Veit, ischt nix mehr für dö Gegend. Also tat i di recht schian bitten ..." „Ischt guet, Thomaser", sag i, „i geah sie suechen. Bal i deine Schafln nit find, epper find i was anders, woaßt Mari, ..."

„Kellnerin, siechst nit, daß i laar bin!" schreit der Girgl. Die Mari springt um den Wein und füllt das Glas von neuem.

Nach einer Weil, wie sie wieder beim Ofen hockt, schluckt der Much ein paarmal kräftig auf, streicht seine Haarzotten aus der Stirn und erzählt weiter: „Also, wo sein mr, Mari? Ja! Epper find i was anders, Thomaser, sag i. Man kann nia wissen, was einem so in die Berg begegnet. Na, na, nit daß i epper mit mein Kugelstutzen Schafsuechen geah. Aber sünst nimm i halt mit, was der Mensch in die Berg braucht. I kimm auf die Gantalm hin und heb zu locken an. I lock und lock über die Almböden auen, das Schuttkar ummen, übers Gratl hin und kann die Schafelen nit finden. Auf amol steah i vor der Wand, dö pfeilrecht in die Luft schiaßt. „Epper sein sie da auen", denk i mir; woaßt, Mari, man kann ja nit wissen, was so die Schafeln alles einfallt, bal der Summer lang und hoaß ischt und die Thomaserschafln, dö sein ja bsunders narrisch. I tue den Kopf weit zruck, schaug über die schiechen, wilden Felsen gradauf und lock: „Scha - fe - le! I - tsche - le! Lö - ö - öck!" Und — denk dir lei, Mari — wia i so lock, hör i sie oben schreien, ganz richtig, alle sieben ..."

„Sakrakellnerin!" schreit der Girgl drüben beim Tisch, „siechst nit, daß der Schluiferer viellauter Auftrumpfen den Wein aus mein Glasl gschlagen hat? Üns schwimmen ja die Trümpf davun in dera höllischen Lacken!"

Die Mari stürzt um den Wischfetzen in die Kuchl und putzt den Tisch wieder sauber. Der Girgl ist nicht zufrieden und wischt noch ein paarmal mit dem Ellbogen drüber.

Beim Ofen dort reißt der Much wieder das Maultor auf, daß es völlig aus den Angeln geht. Dann, als die Kellnerin wieder mit ihrem Strickzeug neben ihm hockt, fährt er fort: „Also, daß i weiter erzähl, Mari, von der schiachen, pfeilg'rechten Wand. G'söchen hab i sie ja nit, die Thomaserschafln, aber, wia g'sagt, mir ischt g'wesen, als hätten sie oben wo gschrien. „Mueßt do auenschaugn", denk i mir und greif in die Felsen. Z'erscht sein so Schröfelen, dann kimmt a schians Band, broat für an Kinderwagen und nacher — nacher ischt nix mehr. „Luederschafln", sag i, „seids da weiter?" Nix ischt da, wia dös enge Rißl, dös oan völlig die Seel ausm Leib druckt, bal man auenschlieft. So weit ischt alles guet gangen, Mari. Der Riß ischt amol broat wia a Stuibentür, nacher wieder eng, kaum zum derschliefen, wia es halt ischt im Leben. Nacher aber ischt von dem Riß gar nix mehr da, und drüber hängt der überhängende Block . . ."

„Wöller Block?" fragt der Girgl vom Tisch her und die Trumpfsau bleibt ihm in der Luft stecken.

Aber der Much weiß, was sich gehört, wenn so ein autorisierter Bergführer redet, dem der Sack voll Silbergulden steckt. Er schaut auf die zirbene Decke, zählt wieder seine Fliegen und schweigt. Erst als drüben die

Trumpfsau wieder laut auf den Tisch hinknallt, erzählt er weiter: „Also, hiez sein mier drauskemmen, Mari. Wo sein mr denn? Ja, beim wampeten Block, wo die Füeß außeng'langeln in die blaue Luft. „Höllsakra", hab i mir denkt, „verflixte Thomaserschafln". Aber z'ruck-geahn isch bei söllene Überhangln lötzer wia auen-schliefen. Also, wia i so auf der Wampen häng, gib i mir an Ruck und — und woaßt, was vor meiner steaht?"

„Die sieben Schafln halt!"

Da haut sich der Schluiferer auf die Knie, daß es patscht. Die Bergführer schieben die Karten zusammen und lachen. Bloß der Girgl knirscht mit den Zähnen und schießt stierwilde Blicke durch die Stube.

Der Much aber reckt sich jetzt auf und sagt feierlich: „... und vor meiner steht der Gipfel!"

„Leut!" schreit der Schluiferer drüben beim Tisch, „soweit i den Much kenn und sei Gschicht versteah, hat er dös Hintere Gantspitzl g'macht, Erstbesteigung!"

„Schell!" schreit der Girgl dazwischen, „oder willst epper mit dein lausigen Graskönig stechen?"

„Schell oder Gras!" meint der Schluiferer, „i möcht hiez wissen, wia dö Gschicht mitm Gantspitzl weiter-geaht!" Und alle rücken zum Ofen hin, nur der Girgl bleibt fuchsteufelswild hinter seinem Wein hocken.

Der Much streckt sich wieder behaglich auf die Bank hin und erzählt: „Wia i dem Thomaser g'sagt hab: Wann ma so in die Berg ummerstreicht, kimmt oan allerhand unter. So steah i hiez aufm Gipfel und schaug in die Welt. Was siech i? Drüben aufm mittlern Spitz steahn sie alle sieben, die Thomaserschafeln."

„Wartet lei", sag i, „i derwisch enk schun!" I schaug mir den mittleren Gipfel an. Der hat zwoa Seiten, a schiane und a schiache. „Hiez hoaßts schlau sein", denk i mir, „steigst bei der schian Seiten auen, nacher hupfen sie über die schiache Seiten ab und sein hin. Also packst die Sach umdraht".

„Leut", lacht der Schluiferer, „verstehts ös, was dös hoaßt?"

„Was?" fragt die Mari erschrocken.

„Dös hoaßt: Das mittlere Gantspitzl über die Nordwand!"

Drüben beim Tisch schiebt der Girgl den Sessel nach hinten, daß es kracht.

„Dö schiache Seiten", erzählt der Much, „für so an notigen Schafhalter, wia i bin, der zu nix autorisiert ischt, bedeut so a schiache Wand dös End der Welt. Z'erscht steahn die glatten Felsen da, daß i um jeds lötze Griffele betteln mueß. Nacher kimmt so a handbroats Simsl. Tuifi, da geahts schiech in die Tiefen. Ganz schwarz schaugt die Welt auer. Nacher kimmt der Vorzacken und der Spitz selber. Nacher ..."

„Nacher?" fragen die Bergführer alle.

„Nacher hupfen die Thomaser Schafln auf, wia die Schneiderböck und über die schiane Seiten durch und ummen gegen dös vordere Spitzl. „Hiez hoaßts gach sein", denk i mir, „hiez mueßt schaugn, wia dö Viecher der Weg zum Abschneiden ischt!" Und i spring obi über die schiane Seiten und pack dös vordere Spitzl von der Rosenwiesen her."

„Sakra du!" schreit der Schluiferer. „Mit oaner Tour

alle drei Gantspitzln! Dös hintere erstbestiegen, dös mittlere 's erstmal über die Nordwand und dös vordere von der schwaarsten Seiten! Wein her Leut!"

Der Much achtet nicht auf das Gered und fährt ruhig fort: „Woaßt, Mari, dös kann oan alles so passieren beim Schaflsuechen. Aber dö Hauptsach kimmt erscht..."

„Dö Schafln!" sagt die Mari.

„Loos lei", erzählt der Much, „i hock aufm vordern Spitzl und zieh dös Seil auf..."

„Seil?" fragt der Schluiferer erstaunt, „zu was denn a Seil?"

„Seil!" schreit der Girgl und schwingt prüfend den Sessel in der Hand. „Er tuet schwarz führn, der Lump!"

„I zieh dös Seil auf und was hängt da dran, Mari?"

„Epper deine verlognen siebm Schafln!" schreit der Girgl. Die Stimme schlägt ihm über. Hochauf schwingt er den Sessel und drängt zum Ofen hin.

Der Much liegt dort in seiner ganzen Länge, urbehaglich, raunzt sich und sagt: „...und dranhängt — der Herr von Schmiedmann. A nobler Herr, Mari, a feiner Herr, woaßt. Versteht si, bal ma so Schaflsuechen geaht, kann ma nit gnue Augen ham. Und der Herr Schmiedmann mit seine doppelten Glasaugen ischt für dös Gschäftl b'sunders guet. Also hab i'n über die drei Spitzln zochen..."

„Was hat er zahlt?" fragt der Schluiferer scharf.

„Für's Schaflsuechen zahln die Herren nix", sagt der Much und dreht seinen leeren Hosensack um, „lei der Thomaserbauer hat mir a Buttele Wein zahlt, wia i die siebm Schafln..."

„Jessas Much, der Girgl!" kreischt die Kellnerin auf und schlägt die Hände vor das Gesicht.

Der Girgl, niedergeduckt wie eine Katz, schnellt hoch auf, schwingt den Sessel in der Faust und springt den Much an, der noch immer langlängs auf der Ofenbank liegt. Aber ehe er noch zum Hieb kommt, reckt ihm der Much seinen Nagelschuh hin, stößt den Girgl zurück und springt auf. Blitzschnell, wie rechte Raufer sind, faßt er den Sessel von der anderen Seiten.

So stehn sie eine Weile und lauern einer auf den andern, wie die jungen Hahnen. Da tut es einen Krach und jeder hat einen halben Sessel in der Faust.

Im gleichen Augenblick tritt der Adlerwirt dazwischen, wirft den Girgl zum Kartentisch hin und hebt den Much auf die Ofenbank.

„Der Sessel wird g'leimt", sagt er ruhig, „und jeder zahlt die Halbscheid. Basta!"

Niemand traut sich noch etwas zu sagen. Der Schluiferer mischt wieder die Karten und gibt aus.

Da fragt der Girgl und schnauft: „Hiez woaß i... nimmer, was ... was Trumpf ischt."

„Herz ischt Trumpf!" lacht der Much und schiebt der Kellnerin das Weinglas hin.

Und der Girgl sieht, mit einem schiefen Blick nach der Seite, wie die Mari das Glas aufhebt, wie sie den Much anlacht und einen Schluck tut, völlig das ganze Glas.

„Hö, Zeit lassen", lacht der Much, „der Wein ischt sündteuer und i bin ja koa Führer nit. I bin ja lei autorisiert zum Schaflsuchen und — für junge Weibsleut, gell?"

„Schuft", stößt der Girgl zwischen den Zähnen hervor, „i spann sie dir schun no aus!"

„Ausspannen ischt leicht gsagt!" meint der Much und blinzelt zur Mari hin, „bal sie halt mei liabes, schwarzes Rössele nit ausspannen laßt!"

„Schuft" zischst der Girgl und rollt die Augen stierwild.

„Hascht was g'sagt, Girgl?" fragt der Schluiferer teilnahmsvoll.

„Na", sagt der Girgl und stößt das Stichmesser neben sich in die Tischplatten, „i red lei mit mir selber."

st Herz Trumpf?

Ist das ein goldener Sommer! Jetzt bringen die Bauern schon das Nachheu von den Wiesen ein und noch hat die Adlerwirtin sieben Tisch voll Herrschaften auf der Terrasse.

Die Sonne strahlt aus dem blauen Himmel und spiegelt sich in dem Silberzeug auf den Tischen. Die weißen, teuren Tischtücher mit der handgestrickten roten Adlerborten sind aufgedeckt, ein Zeichen, daß das Wetter hält, denn die Adlerwirtin versteht sich auf die himmlischen Vorgänge so gut wie auf die irdischen und wenn einmal die billigen, grünblau gestreiften Tücher aufgedeckt sind, steht irgendwo ein plötzlicher Guß am Himmel und es geht bald naß her.

„M'rie!" tönt die scharfe Stimme der Wirtin von der Küche her, „dreimal Schweinsbraten ischt fertig!"

„M'rie!" schreit die Köchin, „wieviel mal Gurkensalat hascht g'sagt?"

„M'rie, da ischt der Kalterer See, drei Liter!"

Der Schankbursch: „M'rie, M'rie!"

Hundert Händ und Haxen dürft jemand haben, wenn sieben Tisch voll hungriger Herrschaften in der frischen Luft sitzen. Und dann, mitten in dem ärgsten Trubel, kommt so einer, macht schöne Sprüch, erzählt Geschichten und die arme, geplagte Kellnerin, die hundert andere Sachen im Kopf haben soll, muß hinstehen, freundlich sein und zuhorchen, was er redet.

„Hallo, Jungfrau!"

Es ist der ältere, glatzköpfige Wiener Herr mit dem Nierenbraten und den gerösteten Kartoffeln.

„Alsdann, Jungfrau, wie i schon gsagt hab. Was da hinten aus dem Tal herausschaut, das ist mir — wie soll ich sagen? — Die Wände sind ein bißl zu hoch und zu unfreundlich und das Ganze zu — abweisend. Abweisend, das ist das richtige Wort! Aber das Bergl da oben — wie ist der werte Name? — Haunold, richtig der Haunold, den könnte ich mit meinem Besuch beehren ..."

„Glei, Herr", sagt die Mari flink, rafft am Nebentisch das Geschirr zusammen, wischt einen Kaffeelacken auf und springt um das Omlett mit Preißelbeer in die Küche.

Wie sie damit zurückkommt, ist der dicke Wiener Herr gleich wieder im Erzählen: „Also den Haunold, haben wir g'sagt. Es bleibt dabei, gell Jungfrau. Zwar der Nam hat so ein bißl was Unfreundliches — wie soll ich sagen? —, so was Handgreifliches, das nach blauen Flecken und Hautabschürfungen klingt, nicht? Und vielleicht sogar mehr. Aber i denk mir, was kann der Berg dafür, daß er so einen groben Namen hat? Nix kann er dafür, wie der Mensch nix dafür kann, für seinen Namen. Beispielsmäßig, ich selber als der Baron Kajetan Sengsbratl. Oder etwa Sie, Jungfrau, nicht wahr? Das heißt, ich weiß ja gar nicht, wie der werte Name ist . . ."

„Mari, Maria Tschurtschenthaler!"

„Tschurtschenthaler!" springt der Herr Baron hoch auf, klatscht in die Hände und schüttelt sich vor Lachen. „So ein Trumm von einem Namen! Wenn das einer fest ausspricht, muß man ja dreimal „Helf Gott!" sagen! Hör ich das in Wien, so stell ich mir so ein Riesentrumm Tiroler Weibsbild vor, so dreimal Butterkübel und so weiter. Heißt das Kind Tschurtschenthaler und ist dünn und schlank, wie eine Haselgerten. Also wieder ein Fall, daß man nit auf den Namen gehen darf. Wie i sag, Jungfrau Tschurtschenthaler, der Haunold ghört mir. Aber einen Führer brauch ich. Da hab ich gmeint . . ."

„I ruef glei den Wirt, Herr Baron", sagt die Mari schnell, „der ischt von der Sektion und hat die Führer . . ."

„Ausg'halten, Jungfrau! Den Wirt kann ich nit brauchen. Der hängt mich dem nächstbesten Führer ans Seil, der halt grad frei ist. Ich will aber was Besonderes, was Ausgesuchtes. Geld spielt keine Rolle. Aber der Führer muß — wie soll ich sagen? — er muß so urwüchsig-tirolerhaft, eingeboren, so — fesch — das ist das richtige Wort, — daß mir das nicht gleich eingefallen ist — fesch muß er sein! So was versteht der Wirt nit. Da muß man wo anders fragen! Nit rot werden, Jungfrau Tschurtschenthaler."

„I denk an den alten Kaßlatterer", sagt die Mari schnell, „der führt hiez die böschten Herrn, seit der alte Stabeler nimmer aufkimmt..."

„Gibt's da nix Junges, Fesches?"

„Die Jungen, Herr, die sein morgen alle nit frei, weil... weil morgen die Schneiderhochzeit ischt, da gibt's an Haustanz, Herr!"

Sie schiebt die Teller zusammen und bückt sich um eine Gabel, die ihr zu Boden gefallen ist.

Der Herr Baron von Sengsbratl pfeift durch die Zähne. „So ist das!" meint er, „da soll ich sozusagen auf die Damenwelt Rücksicht nehmen und die Jungen dalassen und bloß einen Alten ausführen, wie?"

Die Mari wischt die Gabeln ab und schaut zum Nebentisch hin, ob der Teller mit den Wiener Schnitzeln schon frei ist. Jetzt hat sie Zeit zum Überlegen.

„Will der Herr bis übermorgen ausbleiben?" fragt sie so nebenbei.

„Vom Haunold morgen auf die Zinnenhütte, aber alles schön gemütlich, und übermorgen nach Misurina und dann weiter."

„Vielleicht, daß der Herr epper lieber den jungen Kaßlatterer nimmt, den Girgl!"

„Fesch?" fragt der Herr Baron und blinzelt zur Kellnerin hin.

„Dös woaß i nit", sagt sie kurz, „auf dös hab i'n no nit angschaut!"

„Verläßlich?"

„Verlassen moan i, kann si der Herr aufm Girgl woll."

109

„Gut", meint der Herr Baron, netzt den Bleistift an und schreibt sich den Namen auf: Girgl Kaßlatterer.

— — — — — — — — — — — — — — — —

Es ist am Nachmittag, da sitzt der Much mit seinem schönen, neuglänzenden Führerzeichen auf der Bank vor dem Adlerwirtshaus, spreizt die Beine weit über den Platz und wartet, bis ein Herr drüberfällt.

Grad kommt der Herr Baron von Sengsbratl aus dem Haus, den Eispickel unter dem Arm und schaut den Haunold an, wie er seine Nordwand aufreckt. Er schlägt einen Bogen um die Beine, die ihm mitten im Weg stehen, und will über den Platz, als er den jungen Bergführer auf der Bank sitzen sieht.

Er bleibt stehen, blättert sein Notizbuch auf und fragt: „Sind Sie der Girgl Kaßlatterer?"

„Na, Gott sei Dank, dös bin i nit!" sagt der Much, ohne sich zu bewegen.

„So! Und wissen Sie etwa, wo er wohnt?"

„Na, Gott sei Dank, dös geht mi nix an!"

„So!" meint der Herr Baron und schaut den Kerl von oben bis unten an, „und wer sind Sie?"

Da zieht der Much langsam seine Stelzen ein, raunzt sich und sagt: „Ich bin der Stabeler Much!"

„Sengsbratl", sagt der Herr Baron und legt zwei Finger an den Rand seines Strohhutes, „Baron von Sengsbratl. Sehr erfreut! Nun möcht ich Sie sozusagen etwas fragen, Herr ... Herr Much!"

„Bitte!" meint der Much mit freundlichem Gesicht.

110

„Warum sind Sie denn Gott sei Dank froh, daß Sie nit der Girgl Kaßlatterer sind?"

„Weil i der Stabeler Much bin, dös ischt mir gnue!"

„Ausgezeichnet", lacht der Herr Baron und klopft dem Much auf die Schulter, „großartig, einfach fesch! Ein Original! Und nun möcht ich Sie noch etwas fragen, Herr Much Stabeler!"

„Fragen Sie lei, bitte", sagt der Much und macht das freundlichste Gesicht, das er hat.

„Sind Sie frei?"

„Versteht sie, Herr, sünst tat i nit da auf der Führerbank hucken und passen, bis oaner anbeißt!"

„Auch nachts?"

Da zwickt der Much die Augen zusammen und blinzelt den Herrn scharf und fragend an.

Dann sagt er: „Bei der Nacht bin i allweil frei!"

„Abgemacht!" ruft der Herr Baron und streckt dem Much die Hand hin, „also morgen früh los auf — auf ... Na, also jetzt sagen Sie selbst, Führer: Welchen Berges halten Sie mich fähig?"

Und er stellt sich in Positur; den Eispickel vorne hingesetzt, die Hutkrempe tiefer in das Gesicht gezogen, den Blick kühn und unternehmungslustig nach Süden gerichtet, gegen die Berge.

„Fähig?" wiederholt der Much zögernd und schaut ihn von unten bis oben an, langsam und gründlich. Dann bleibt sein Blick an der grünen Weste haften, die sich weit, rund in die Gegend wölbt.

Er setzt tiefe Falten in seine Stirn, schüttelt den Kopf und sagt: „Dös soll halt nit sein, Herr?"

„Was?" fragt der Herr Baron unruhig.

„Der Überhang halt!"

Da schaut der Herr Baron an sich hinunter, läßt die Arme sinken und sagt: „Da kann man nichts machen, das ist so!"

„Freilich ischt es so, Herr", meint der Much, „sünst hätt i gsagt, packen mier den Haunold von der Nordseiten. Aber bal mir der Herr mit sein Überhangl im Kamin stecken bleibt..."

„Kamin?"

„Ja, dös ischt halt so a Schluff, da müessn mier auen!"

„Und haben Sie nichts ohne Kamin?"

„Freilich, Herr. Da ischt der Helm, beispielsmäßig. Der lange Grasberg da oben, da kann ma a Kueh auentreiben, Herr, so fein ischt er. Und hat a prima Aussichtl und..."

Dem Much bleibt die Rede stecken; denn eben tritt der Romedi, der Adlerwirts-Hausknecht, aus dem Tor, mit gewichtigem Schritt, das Haupt stolz erhoben, aufgeputzt wie ein Preisochs, rundum grünes Tannengewinde, rote Papiergirlanden und überall bunte, flatternde Bänder.

Vor dem Hause bleibt er stehen, dreht sich ein paarmal feierlich im Kreise und wickelt das Zeug von sich ab. Dann beginnt er es im Bogen über das Tor zu nageln und setzt obenauf die große Tafel mit der Schrift:

„Ein Hoch dem edlen Brautpaar!"

„Etwas schief!" verbessert der Herr Baron, und schiebt mit dem Eispickel die Tafel zurecht. Dann schaut er fragend den Much an.

„Haustanz morgen!" sagt er, „das wird ja hübsch!"

„Mhm", brummt der Much.

„Da kommen also die hübschen Mädchen alle..."

„Aus die Weibsleut mach i mir nix!"

„So?" meint der Herr Baron, „da hat man's wieder! Und da erzählt mir diese Kellnerin, die Tschurtschenthalerin da, die hübsche, schwarze, keiner von den jungen Führern sei morgen frei, weil sie alle zum Haustanz gehen. Nur dieser eine da, in meinem Notizbuch, der Girgl Kaßlatterer..."

„Ha?" fährt der Much jäh auf, „was hat sie gsagt, die Marie?"

Dann zwickt der Much die Augen zu. Das Maultor bleibt ihm offen, so fest muß er nachdenken. Ein paarmal atmet er tief und lang. Dann ist er völlig still.

Nach einer Weile schlägt er die Augen wieder auf und sagt: „Hiez ischt es klar."

„Wie bitte?" meint der Herr Baron.

„Nix", sagt der Much, „aber es ischt klar, — daß der Helm natürlich koa richtiger Berg ischt, lei so a langweiliger Almkofel. Der anständige Tourist schaugt aufn Helm gar nit hin, der geaht glei aufm Haunold..."

„Ja, aber dieser gewisse Kamin?"

„Eben döswegen ischt es klar, daß der Herr no an Führer braucht, der vorn auenzieht, bal i hinten nachschieb. Für so an Transport, da waar der Girgl der böschte, der hat Pfundsbratzen und kennt die Polizeigriff alle..."

Der Herr Baron schaut etwas betroffen zu den hellen Kalkwänden empor. „Meinen Sie?" fragt er.

„Dös moan i net, dös woaß i, Herr", sagt der Much, „und dös böschte wird sein, bal i den Herrn glei zum Girgl führ', daß mier'n aufnehmen für morgen! Mir i's hiez schun eingefallen, wo er haust, übern Gaßl enten!"

Dem Herrn Baron ist nicht ganz klar, wie das alles geht. Aber er folgt dem Much, der mit eiligen Schritten den Platz quert und die Gasse einbiegt, hinauf zum Kaßlatterer.

— — — — — — — — — — — — — — — —

Am andern Morgen, wie sie zu dritt den Lärchwald emporsteigen, über die drei Wiesen hinauf, da zermartert sich der Girgl seinen Kopf, wie das alles möglich ist und immer wieder wirft er einen mißtrauischen Blick zum Much hinüber, jeden Augenblick gewärtig, daß sich der ganze Handel als ein hintertückisches Spiel erweist.

Aber der Much geht lustig, voller Übermut, neben dem Herrn Baron daher, lacht über jeden Lärchenzapfen, der auf dem Wege liegt, pfeift den Bergfinken nach, die durch die Wipfel fliegen und sagt jedesmal, wenn vom andern die Rede ist: „Mein Freund, der Girgl."

Wieder überdenkt der Girgl die ganze Sache, als müßte er herausbringen, wo da etwas nicht stimmt. Wahr ist es, daß der Much ihn, den Girgl, empfohlen hat und selber mit dem Herrn zu ihm ins Haus gegangen ist. Wahr ist, daß der Herr ein Baron ist und jedem den doppelten Tarif unterschrieben hat, das macht zwölf Gulden für jeden. Wahr ist es, daß der Much, der Bärenkerl, das dicke, glatzköpfige Wiener Barondl da, allein auf den Haunold hätt' bringen können, wann er wollen hätt.

„Also, indem es keine echte Freundschaft nit ischt", denkt der Girgl immer wieder, „mueß dö Sach wo anders stecken, aber wo?"

So kommen sie über die dritte Wiesen zum Einstieg hin, wo der Much das Seil auswirft und mit allerhand Spaß und Dummheiten den Herrn Baron in die Mitte bindet.

Wie der Girgl so über die Wand hinaufschaut, schießt ihm ein neuer Gedanke durch den Kopf: Wenn jetzt der Much vorangeht und führt, verrät er ihm den Nordwandweg, so wie ihn der alte Stabeler geführt hat und wie ihn kein anderer Führer so gut weiß.

Um Zwiespalt und Zweifel loszukriegen, geht der Girgl auf den Much zu und probiert ihn aus. „I geh vorn, Much", sagt er, „du tuest di hinten leichter!"

„Wia du willst, Girgl", sagt der Much und richtet die Schlinge vor, „aber i moan, meine Routen ischt die bessere, dö hat mir no der Vater anzoagt, wia er no gführt hat!"

„Nacher bleib i halt hinten", meint der Girgl und denkt: „Ja, Himmelseiten, ischt denn der Much völlig übergschnappt? Hiez führt er die richtige Stabelerrouten!"

Wenn sie den Herrn Baron über die Wand aufhissen — der Much zerrt vorne am Seil, wie der Metzger ein widerspenstiges Kalb am Strick an die Schlachtbank zieht, der Girgl faßt hinten unter und hilft mit seinen

Griffen nach oder schiebt seine Schulter dem Herrn Baron unter den schwersten Teil und stemmt auf — da geht alles so in Frieden und Eintracht, daß der Girgl Zeit genug hat, da einen Felsbrocken aufzustellen, dort drei Steine zusammenzubauen und so Merkzeichen und Steinmandeln zu setzen für den ganzen Aufstieg.

Am späten Nachmittag haben sie ihren Herrn oben. Sie breiten ihm Röck und Mäntel hin, daß er sich hinlegen und verschnaufen kann. Der Girgl schaut über die Wand hinab, um sich die Route einzuprägen.

„A guete Routen, gell?" fragt der Much.

„Woll", sagt der Girgl, „a bissele weit ischt sie woll und zeitweis sakrisch exponiert!"

„Dös tuet ja nix", lacht der Much, „hie und da mueß der Mensch außen in die freie Wand, dös ischt lei gsund!"

Da schnappt der Herr Baron das Gespräch auf. „Much", sagt er, „Sie haben da gestern von einem Kamin gesprochen, einem Schluff, wie Sie sagten. Wo war diese Stelle eigentlich?"

Da kratzt sich der Much hinter dem Ohr. „Ja, Herr Baron", sagt er, „dös ischt nämlich so: Mir ischt bang worden um dös schiane, runde Überhangl, dös der Herr Baron in seiner greanen Westen hat, hiez hab i halt den Kamin umgangen und ..."

„So", denkt der Girgl, „hiez hab i's. Er hat mi lei foppen wollen. Er ischt gar nit die richtige Stabelerrouten gangen."

Aber das ist ihm doch noch zu wenig. Er hat noch keine Ruhe und während sie über die lange Schuttriesen

116

hinabsteigen ins Innerfeld überlegt er: „Zwölf Gulden laßt er mi verdienen. Lei wegen der Fopperei? Na, da ischt no was anders dahinter, aber was?" —

Wie sie dann ums Finsterwerden in die Schusterhütte kommen, schiebt der Much etliche Brocken Schmarrn hinter die Backen, nimmt ein Maulvoll Milch und sagt dann: „So, Herr Baron und du Girgl, mein Freund, tüet enk hiez nit sorgen um mi. I hab da no a Nachtgschäftl draußen im Mondschein. Der Girgl versteaht mi woll, was i moan, und er kann dem Herrn a bissele Gsellschaft leisten und eppes derzähln von die Gamsln oder so. Bal es Tag wird, bin i wieder da."

Und so schlupft der Much in den Abend hinaus.

Wie der Herr Baron dann zwei Stunden später auf die Britschen steigt, tritt der Girgl noch einmal vor die Hütte und horcht hinaus in die Nacht.

Da ist der blanke Mondschein über ihm. Da sind viel tausend Sterne. Aber da ist nichts, was ihm helfen würde, das Rätsel zu lösen.

„Zwölf Gulden", denkt er immer wieder, „und morgen schaugn wieder etliche Gulden außer. Der Baron ischt saunobel. Aber wia kimm i zu dem Handel? Wo der Much do soviel andere Führer hätt, söllene aus seiner besten Freundschaft. Was nimmt er grad ausg'rechnet mi?"

Er schaut hinauf zu den Lahnerriebeln, wo der Gamswechsel ist und spitzt die Looser. Aber die ganze Gegend liegt völlig still. „Epper will er mi in so a Gamsgschäftl einiziechn, der Lump, der miserablige? Aber da kriegt er mi nit! Da ischt er selber der Dümmere!"

Da hört der Girgl weit draußen im Tal einen dumpfen Knall und wieder einen und wieder. Von Wand zu Wand springt der Widerhall und rollt langsam das Tal herein. „Böller", denkt der Girgl, „die Schneiderhochzeit und der Haustanz!" Da — plötzlich, wie ein nächtlicher Blitz oft das ganze Land erhellt und alles sichtbar macht — schießt ihm ein Gedanke ins Hirn und macht ihm alles klar, was der Much will.

„Hundsbue, du grundschlechter", stößt er durch die Zähne, „aber i kimm dir schun, wart lei! I treib di schun außer aus mein Krautgarten!"

Er horcht zur Hütte hin. In schweren, regelmäßigen Zügen sägt sich der Herr Baron nach den Mühen dieses Tages tief und tiefer in den Schlaf.

Der Girgl schiebt heimlich die Türe zu und loost wieder in die Nacht hinaus. Die Böller rollen aus dem Dorf herauf. Einmal kommt es ihm vor, als würde er Tanzmusik hören, die tiefen Stöße einer Zugposaune.

„Den Auerhahn mueß ma schießn, daweil er balzt!" knirscht er. Dann springt er mit weiten Sätzen den Weg talwärts.

— — — — — — — — — — — — — — —

Das soll der Adlerwirtin hoch angerechnet werden, daß sie weiß, was eine richtige Herrschaftskellnerin ist und daß man so einer, die während der ganzen Saison den Speisesaal über hat und mit Baronen und Grafen umgeht, nicht eine lumpige Bauernhochzeit geben darf, für die eben die Gaststubenkellnerin da ist.

Also richtet sich die Mari heute für den Tanz her und ihre Schwestern, die Resl und die Lies, müssen ihr beim Schönmachen helfen.

„Hint a bißl tiefer", deutet die Mari der Resl, die ihr den Spiegel hinter den Rücken halten muß, „du, Lies, vorn mit dein Spiegel a bissele auf. So! Hiez siech i mi hinten. So, Resl, hiez zupf dös Tüechl recht schian eini, nit z'viel, daß es halt an nobln Zipf macht . . ."

Versteht sich: Beim Tanzen geht es rundumundum, da muß eine hinten so sauber sein wie vorn. Und schon gar, wenn so ein Trumm Mannsbild die ganze Vorderseite verdeckt, muß die Hinterseite alles andere herausreißen. —

So etwas ist halt bei den Mannsleuten einfacher. Der Much, wie er vom Innerfeld herauskommt und in seine Kammer springt, schlupft bloß in seinen sauberen Lodenrock drein, wischt ein bißl Haarpomad in seine Bratzen und streicht damit durch seinen borstigen Schnurrbart. Dann nimmt er das rote Halsbindl, das grüne Jagerhütl auf, mit dem kecken Gamsbart und geht hinüber zum Adlerwirt.

Aus dem Saal dringt ihm ein mächtiges Gesurm entgegen, ein Zeichen, daß alles schon angefüllt ist mit durstigen, hungrigen und tanzlustigen Menschen. Auf den Fensterscheiben schwitzt der dicke Dampf. Im Saal ist ein Nebel, daß man kaum das junge Paar erkennen kann, das feierlich, als der ruhige Punkt in dem ganzen Wirbel thront, der Schneiderbauer mit der rothaarigen Hoißentochter. Daneben hockt der alte Hoiß selber, der Brautvater. Man kennt es seinem finsteren Gesicht an, daß er bloß dasitzt und rechnet, was die ganze kostspielige Sach kostet.

Plötzlich heben die Fensterscheiben zu zittern an, der Nebel dröhnt und in das Gesurm hinein schmettert die Blasmusik den ersten Neubayrischen.

Da schütten die Mannsbilder langsam den Wein durch die Gurgel, trinken sorgfältig den letzten Rest aus und schieben die leeren Gläser in der Mitte des Tisches zusammen. Dann stehen sie ein wenig schwerfällig und umständlich auf und gehen mit gemessenen Schritten auf die andere Seite des Saales hinüber, wo die Weibsleut auf ihren Sesseln sitzen und so tun, als ob sie das alles, was da im Saal geschieht, nicht das Mindeste angehen würde.

Die Mannsbilder bleiben vor den Sesseln stehen und schauen an den Weibsleuten vorbei. Das ist genug. Nur da und dort nickt einer ein wenig mit dem Kopf, sagt „Kimm", oder so etwas. Bloß der geschniegelte Forstadjunkt macht eine Verneigung und sagt höflich, „Darf ich bitten, Fräulein Mari!"

Der Much aber bleibt hinter seinem Wein sitzen und ist zufrieden mit sich selber; denn es ist ihm völlig gleich, mit welchem Mannsbild die Mari tanzt, wenn es nur nicht der Girgl ist. Er schmunzelt vor sich hin, schaut in das Glas hinein und stellt sich das Gesicht vom Girgl vor, wenn er ihm morgen drinnen in der Schusterhütten sagen kann, daß er bei der Nacht mit der Mari auf dem Tanzboden war.

Der Forstadjunkt kutschiert das junge Frauenzimmer durch den Saal und, wie sie einmal beim Much vorbeitanzen, streift die Mari schnell ein wenig den Much an.

Der Much schaut nicht auf, aber der Forstadjunkt, der weiß, was sich gehört, sagt sogleich: „Pardon!“

„Grasaff, greaner!“ denkt der Much, „geaht dös epper di was an, bal mi die Mari anstößt, ha?“

Und beim nächsten Tanz schiebt er den Waidmann zur Seite und legt seine breite Bratzen der Mari auf den seidenen Buckel.

„Du hast ja die groben Nagelschuech, Much“, sagt die Mari, „wia kimmt denn dös?“

„So halt“, sagt der Much. Das ist alles, was er redet.

Es geht gegen Mitternacht. Der Dampf im Saal ist dick zum Schneiden. Die jungen Mannsleut stehen schon auf den Sesseln und schreien sich gegenseitig die Vier-zeiligen in die Ohren. Den Wein schütten sie aus den vollen Flaschen durch die trockene Gurgel, daß der alte Hoiß noch mehr Falten auf seiner Stirn kriegt und in tiefster Besorgnis den Kopf schüttelt.

„Much“, sagt die Mari, „mir ischt soviel hoaß. Führ mi nacher in die frische Luft!“

„Wia d'moanst“, sagt der Much, „mir ischt dös gleich!“

Wie der Tanz zu Ende ist, hängt sie sich in seinen Arm und sagt: „Kimm!“

Sie gehen hinter das Haus, in den Garten, wo der große Kastanienbaum ist. Der Lärm ist völlig verstummt. Es ist so still heraußen, daß man irgendwo im Geäst einen Vogel singen hört.

„Dös ischt a Nachtigall, gell?“ fragt die Mari und schmiegt sich enger an den Much.

„I woaß nit", sagt der Much, „bei dem Vogelg'lump' kenn i mi nit aus und in der Nacht schun gar nit, bal ma nix siecht."

Die Mari schweigt und schaut zum Mond hinauf, der durch das Blätterwerk leuchtet. Der Himmel ist voller Sterne und immer schöner singt der fremde Vogel.

„Much", sagt die Mari heimlich, „es ischt do a Nachtigall, weil sie gar so süß tuet!"

„Dös ischt mir wurscht", sagt der Much.

Unbeweglich steht er da, wie ein Holzstock und wartet geduldig.

Jetzt schaut die Mari wieder zum Mond hinauf, wie er über den schwarzen Himmel geht. Immer näher rückt sie dabei zum Much hin und legt ihren Arm um seine Schulter.

„Ischt dir no hoaß", fragt der Much, „weil mir schun kalt wird?"

„Geh du", sagt die Mari und stupft ihn in die Seite, „du bischt so oaner . . ."

Dann aber schluckt sie plötzlich auf, mehrmals und immer ärger, schlägt ihre Schürze über die Augen und wischt damit im Gesicht herum.

„Was hascht denn hiez wieder?" fragt der Much und rückt weg.

„Weil du gar nit fein bischt mit mir", schluchzt die Mari, „du hascht mi ja . . . gar nit . . . nit gern! Koa bißl nit!"

„Dös hab i nia nit gsagt", meint der Much, „aber dös Trenzen, dös hörst hiez auf. Dös mag i ganz und gar nit!"

122

Da schluchzt sie noch viel ärger und legt ihren Kopf an seine Brust.

„Hiez dös mueß ah wieder nit sein“, sagt der Much und schiebt sie beiseite. Dann stellt er sie an den Baum hin und meint: „Bal dir nimmer hoaß ischt, nacher kimmst halt wieder.“

Er will über den Hof gehen. Aber wie er den ersten Schritt macht, sieht er im Schatten des Hauses eine Gestalt, hingeduckt ins schwärzeste Dunkel.

Der Much bohrt seine Augen in die Finsternis. „So ischt dös“, stößt er durch die Zähne, „wart lei, du Lump, daß du nit umsünst außer g'rennt bischt!“

Er tritt wieder zum Baum hin, nimmt das junge Frauenzimmer in beide Arme und geht aus dem Schatten mitten in das helle Mondlicht.

„Mari“, sagt er und wischt ihr die Tränen von den Wangen, „tue nit reahrn! Schaug, es wird schun wieder anders werdn! Lei nit so reahrn!“ und streichelt ihr über das dunkle Haar.

Da schlägt sie die Augen auf und legt ihre Arme um seinen Hals.

„Much“, sagt sie heimlich und tut wieder den Kopf an seine Brust, „gell, du hascht mi do gern?“

„Ha?“ fragt der Much laut.

„Ob du mi gern hascht, frag i, gell?“

„Ob i di gern hab“, schreit der Much, „dös kann hiez jeder Mensch söchen, daß bei mir Herz Trumpf ischt!“ Und halst das Weibsmensch und drückt es fest gegen seinen Brustkasten und tut, wie halt ein Verliebter tut.

„Bscht, Muchele, liabs", flüstert sie, „nit so föscht! Nit so laut! Es kunnt üns ja wer zueloosen!"

Da stöhnt es irgendwo im Dunkel und plötzlich mit einem mächtigen Sprung schnellt der Girgl aus der Finsternis daher.

Der Much schiebt die Mari weg, duckt sich zusammen und, blitzschnell, mit einem Satz, wendet er sich zur Seite. Der Girgl, im vollen Schwung, springt ins Leere, strauchelt und liegt langlängs auf dem Boden. Wie er sich aufrichten will, kniet ihm schon der Much im Kreuz.

„Schuft", keucht der Girgl und reißt sich los. Mit einem jähen Satz springt er dem Much wieder in die Kniekehlen und feuert ihn auf den Boden hin, daß es dröhnt.

„Girgl, nit! Oh, heilige Jungfrau", betet die Mari, „er bringt ihn ja um!" Und stürzt hilfesuchend ins Haus.

Aber die beiden Raufer lassen sich nicht beirren. Gründlich und mit Bedacht führen sie ihre Auseinandersetzung fort.

Die Mari rennt durch das Haus. Aber den Wirt will sie nicht holen. Der Romedi, der Hausknecht, hat bei so einem Handel, der nicht im Haus ist, nichts zu reden und wie sie endlich den alten Hoiß dazu bringen kann, einzugreifen, ehvor der Much ganz erschlagen ist, vergeht eine lange Zeit. Wie sie hinauskommen, ist der Garten leer.

Aber draußen beim Krautfeld stöhnt und keucht es schwer. Langsam tritt der alte Hoiß näher und schaut das Gewirr an, das sich über den Boden wälzt. Dann sagt er: „Dös ischt nit leicht zu sagen, wer da recht hat!"

Die beiden Raufer hören und sehen nichts, was um sie herum vorgeht. Der Girgl hat den Much an der Kehle gefaßt und will ihm die Luft absperren, aber der Much kniet ihm so schwer auf dem Brustkasten, daß er dem andern die Gurgel nicht völlig zudrücken kann, weil er selber schon zu wenig Luft hat.

„Was soll i da tüen?" schupft der alte Hoiß die Achsel und schielt zur Mari hin, die leichenblaß und voller Ängsten vor den beiden Raufern steht und die Hände ringt.

„Siechst denn nit, Hoiß, daß sie alle zwoa schun völlig hin sein!" jammert sie.

Da reißt der Much mit einem Ruck die Knie auf und wirft den Girgl kopfüber ins Kraut, daß es kracht, aber der Girgl läßt seinen Polizeigriff nicht aus und zieht den Much nieder auf den Boden.

Da tritt der alte Hoiß hin, beugt sich zu dem wilden Durcheinand von Händ und Haxen hinab und fragt: „Brauchts mi?"

„Na", keucht der Girgl.

„Na, di schun gar nit!" schnauft der Much.

„Siechst, Mari", sagt der alte Hoiß bedächtig, „wia dumm waar's hiez gwesen, bal i mi da eing'mischt hätt. Dö zwoa werden schun selber mitnander fertig!"

„Sie blüeten ja ganz aus", jammert die Mari, „und Luft ham si ah koa bißl nit mehr!"

„Ischt eh guet, bal si nit z'viel Luft ham", sagt der alte Hoiß und tappt zurück ins Haus, „und überhaupt, daweil die Mannsleut raufen, wird weniger Wein gsoffen, kimmt billiger!"

Die Mari aber steht noch immer im Krautfeld, schaut nieder in die Bodenfurchen, wo sich die beiden keuchend umschlungen halten und hebt laut zu beten an.

„Hör auf, dös!" schnauft der Girgl.

Aber sie betet weiter, ein Stoßgebet um das andere, in Angst und Nöten. Da gurgelt der Much auf, spuckt Blut hin und schreit: „Mari, hörst nit, der Girgl will, daß d'mitm Beten aufhörst, du Trampel. Für mi brauchst nit beten, dös woaßt! Und daß d' fürn Girgl nit betst, dös woaß i selber, sünst hättst'n nit an den Baron anhängen wöllen!"

„Was?" keucht der Girgl.

„Dem Baron hat's di ang'meldt, Girgl, daß sie di loskriegt."

„So ischt dös?"

„Ja, so ischt es und bal du es nit glaabst, nacher fragst'n Baron selber oder schaugst in sein Büechl eini!"

„Oh, du Trampel, du schlechter!" schreit der Girgl, „verraten haschst mi. Verschachert haschst mi. Du Falsche, du. Gar nit wert bischt es, daß si zwoa Mannsbilder derschlagen wegen deiner ..."

„Na, ganz und gar nit", sagt der Much und wischt sich die Erde aus dem Gesicht.

„Wo mier no heut auf der Stell ins Innerfeld müeßn, ünsern Baron weiterbringen, so wia mier zueg'richt sein hiez!"

„Ja, guet schaugn mier aus hiez, und alles lei wegen so an Weibsmensch, an miserabligen!"

„Die böschten Freund bringt sie durchanand. Aber dös Spiel ischt aus hiez."

„Aus!" sagt der Much und stellt sich wieder fest auf seine Beine und schaut an sich hinunter.

Die Mari schlägt die Hände vor das Gesicht und hebt laut zu schluchzen an. Die beiden Bergführer gehen an ihr vorbei, zum Brunntrog hin, und waschen sich Blut und Dreck aus dem Gesicht. Dann richten sie ihr Gewandzeug zurecht, gegenseitig, so gut es geht.

„Gar koane nit geben sollt's", meint der Much und putzt sein Jagerhütl.

„Wia moanst dös?" fragt der Girgl.

„Gar koane nit geben sollt's, koane Weiberleut nit", sagt der Much und setzt das Hütl auf.

„Da hascht ganz recht hiez", sagt der Girgl, „bal's koane Weiberleut nit gab, nacher waarn mier Mander alloan!"

„So is'!" meint der Much, und dann steigen sie schweigend mitsammen den Weg hinauf ins Innerfeld.

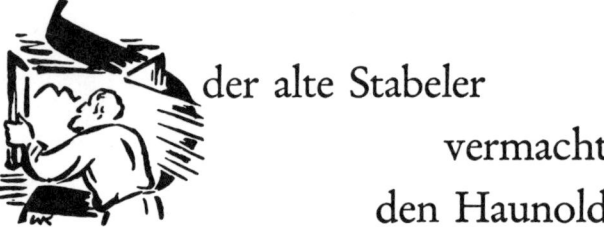

der alte Stabeler
vermacht
den Haunold

Eben hat der Alte noch tief und fest geschlafen. Aber da ist etwas, das ihn geweckt hat. Er kann es nicht sagen, was es ist.

Langsam tut er die Augen auf und schaut in der engen Kammer rundum. Es ist niemand da.

Das Haus ist ruhig, wie ausgestorben.

Eine Weile lang loost er in die Stille.

Dann stützt er sich mit dem Ellbogen auf.

Es ist hell draußen.

„Also ischt es in der Frueh", denkt er.

Sein Blick fällt auf den Stuhl, der neben dem Bett steht. Da sind Tücher und Fetzen bereit und die große Flasche mit dem Kräutergeist, den sie ihm in die Knochen reiben, wie es der Doktor verschrieben hat, wenn ihn der Schmerz überfällt. Es ist schon dreimal gewesen, daß der alte Stabeler, zusammengekrümmt auf einen Haufen Elend, in die Ewigkeit geschaut und den Tod erwartet hat.

Jetzt aber, da er das ganze Doktorzeug so anschaut, muß er schier lachen. „Mit so einer höllischen Fuhr voll Medizin mueß der stärkste Mensch draufgehen", meint er, „aber die lebendige Medizin, die Katz, will mir dös verflixte Doktormandl nemmen, bloß weil sie mir dös Bett verflöht."

„Sakradoktor!" sagt der Alte zu sich selber, greift unter die warme Decke und streichelt wohlig das weiche Fell der Katze. Dann, mit einem Ruck, setzt er sich vollends auf und stellt beide Füße auf den Boden. Es ist ihm so seltsam wohl heute. Nach der Bettkante, dem Tischrand, greift er sich hin zum Fenster und schaut hinaus.

Wie oft hat er diesen Blick getan, über die Dächer der Häuser hin, zum Lärchwald hinauf und empor zu den hellen Felsen des Haunolds! Aber heute ist ihm, als habe er das alles noch nie gesehen. Wie ist alles neu und anders!

Mit beiden Händen faßt er das Fensterkreuz und staunt. Es ist alles in Aufruhr droben in den Bergen, als würde eine neue Welt geboren. Mächtige Wolkenballen rollen aus dem fernen Talgrund, quellen über und lösen sich in lange, leichte Wände, die in einem seltsam fahlen Licht stehen. Aber mit hartem Rand setzt darüber der Himmel an, erst unergründlich tief und schwarz, wie ein Bergsee, dann ansteigend zu einem Gewölbe leuchtender Klarheit, als wäre alles eine einzige strahlende Sonne.

Da leuchten in der Ferne kristallblaue Berge auf, die noch nie hier im Lande zu sehen waren. Fremde Wälder tauchen empor, unwahrscheinlich tief und dunkel wie Samt. Der Talboden wächst in die Weite, ferne Kirchtürme werden sichtbar, Bauernhöfe blitzen mit weißleuchtenden Hauswänden, irgendwo in der Unendlichkeit verloren. Und wie alles weit und groß wird, rückt das eigene, altgewohnte Bild seltsam eng zusammen, daß der Lärchwald auf den Hausdächern steht und die Felsen sich ganz nahe darüber schieben, daß man sie greifen kann.

Der Alte steht und schaut hinaus und langsam tut er die Flügel der Fenster auf. Jetzt spürt er den Föhn leibhaftig, wie er aus dem Himmel bricht und warm niederrinnt auf das Land.

Jetzt weiß er, daß das alles nur geschieht, damit der Haunold stolz und feiertäglich dastehen kann, wie der Altarschrein mitten in der weiten, lichtdurchfluteten Kirche. Wie der Berg sich vor ihm aufbaut, mit kleinen, spitzigen Graten erst die gezackte Linie des Lärchwaldes fortsetzend, wie er, kühner dann, mit allerlei Zinnen und wunderlichen Felsgebilden emporstrebt, wie er von allen Seiten den letzten Gipfelbau ansetzt und einen stolzen, höchsten Turm emporwirft, da öffnet er ihm in dem reinen, durchdringenden Licht des Föhnmorgens sein schönstes Wunder.

Jetzt weiß er, was ihn aus dem Schlaf geweckt hat. Der Haunold, sein Berg, ruft ihn.

— — — — — — — — — — — — — — — —

Eben wie der Doktor ins Haus tritt, das schiefe, ausgewachsene Mandl mit dem kreuzweis verquerten Blick, geschäftig die schwarze Ledertasche in den Händen, mit kleinen, trippelnden Schritten, steigt der alte Stabeler mit Pickel und Steigeisen bedächtig, Stufe um Stufe über die Stiege herab.

Da schreckt das kleine, graue Doktormandl jäh zusammen, wird leichenblaß und stößt das Notgebet in den Bart von den guten Geistern, die Gott den Herrn loben.

„Stabeler ... Stabelervater ...", stottert er, „ja wöllt ös heut selber zum Totengraber gehn ... aufn Freithof?"

Den alten Stabeler schwindelt ein wenig vor der steilen Stiegen. Er faßt das Geländer fester. Dann tappt er auf dem Boden hin. Sicher und aufrecht geht er durch den langen Hausgang. Das schiefe, graue Doktormandl, das sich ihm mit entsetzten Gebärden in den Weg wirft, stellt er mit beiden Händen beiseite und tritt hinaus ins Freie.

Hinter ihm schlägt der Doktor ein wütendes Zetermordio, reißt die Stubentür auf — die Stube ist leer —, stürzt hin zur Kuchl und kreischt gellend: „Er ischt durch! Durch ischt er!"

„Wer?" fragt die Stablerin und wischt ihre Teigfinger in den Schurz.

„Mit Pickel und Eisen ischt er durch!"

„So", sagt die Stablerin.

„Aus der schwaarsten Krankheit ausspringen und durchgehn", jammert das Doktormandl, „es ischt ganz arg, dö Lueder Bergführer wöllen nit im Bett sterben wie andere Leut. Er rennt ja dem Tod, dem leibhaftigen Tod, mitten in die Händ ... mit Pickel und Eisen. Und mier sollten ihn reiben heut, föscht reiben, Stablerin ..."

Die Stablerin putzt den letzten Teig von den Fingern und hält dem Doktor die Hand hin: „Gueten Morgen, Doktor!" sagt sie. Dann tritt sie in den Hausgang und schreit über die Stiege: „Much!"

Sie schiebt dem Doktor einen Sessel her und stellt die Schüssel mit den Krapfen nebenhin.

Aber das quecksilbrige Doktormandl wetzt unruhig hin und her, beißt in einen Krapfen, legt ihn wieder in die Schüssel, springt wieder auf und schreit: „Holen, Stablerin! Mier müessen ihn holen!"

„Glei", sagt die Stablerin, und legt wieder eine Reihe Krapfenteig ins Schmalz.

Dann steht der Much, halbverschlafen noch, in der Tür und fragt: „Was ischt, Muetter?"

Da schnellt des Doktormandl auf: „Durch ischt er ... ausm halbeten Tod ... durch! Und mier sollten ihn reiben ... föscht reiben ..."

Der Much schaut fragend zur Mutter hin.

„Much", sagt die Stablerin, „geahst nacher schaugn. Er hat den Pickel und die Eisen mit. Epper möcht er aufm Haunold."

„Haunold!" stottert der Doktor und rutscht vor Schrecken von seinem Sessel. „Hau ... nold? Nacher ischt er hin. Übern Friedhof kimmt er nit hinaus."

— — — — — — — — — — — — — — — —

Wie der Much im Lärchwald drinnen um den Weg biegt, sieht er den Vater vor sich gehen. Mit breitem, festem Schritt, den Pickel vor sich einsetzend, seltsam sicher wie ein Nachtwandler.

„Vater?" fragt der Much.

Der Alte schaut nicht auf. Er geht seinen Weg fort und sagt, wie halb im Schlaf: „Bischt da hiez, Much?"

Dann steigen sie schweigend durch den Wald empor. Der Much geht den ruhigen, breiten Schritt des Vaters mit. Hie und da stößt er einen Stein aus dem Weg oder biegt einen Ast zurück, der weit herniederhängt.

In den Lärchen braust der Föhn. Die Luft ist voll wie von dem tiefen Klang einer Orgel.

Bei der dritten Wiese, wo der dunkle Wald plötzlich auseinanderschlägt, bleibt der Alte aufatmend stehen.

Vor ihnen jagen die wilden Wände empor, schreckbar steil und nahe. Jede Rinne und Runzel ist sichtbar. Die Schatten, die kristallblau über den Schluchten dämmern, sind durchsichtig wie Glas. Jäh hockt der Gipfelturm auf den zackigen Graten.

Der Alte setzt sich auf einen Felsblock hin und schaut schweigend über die Wände hinauf.

Es geht völlig eine Stunde um, bis er zu reden anhebt: „Ischt guet, daß du kemmen bischt, Much. Also kann i dir heut den Haunold rechtschaffen übergeben, wia es Brauch ischt. Der Joch hat sein Teil auszahlt kriagt und dös zweite Seil von der Baroneß dazue. Die Lies heiratet bald. Die Rosl kriagts Haus mit der Schusterei. Die Kathl ziacht zur Muetter und kriagt den Austrag und du — du kriagst den Haunold.

Schaug nit! Versteahst woll, wia i dös moan. Acht-avierzg Jahr ischt es, daß i den Haunold führ. Ischt koaner, der den Berg so versteaht wia i.

Woaß woll, der Haunold hat koan gueten Ruef mehr. Sein andre Berg hiez in der Mode, die Große Zinn, der Cristallo ... Sie sagen, der Haunold hat soviel Schotter, der Felsen ischt brüchig und die Rinnen sein voller Stoanschlag.

Laß sie reden, die Leut, Much, es ischt alles derstunken und derlogen. Es ischt lei, weil sie den Berg nit ver-steahn.

Die Herren aber mueßt es sagen, wia der Haunold ischt: Dös liabste Herrgottsbergl im ganzen heiligen Land Tirol, mitm böschten Fels, koan Brocken Stoan-schlag nit auf meiner Routen und mit an Aussichtl, wia's schianer koans gibt.

Mein Aufstieg woaß sünst koaner. Nit amal der alte Kaßlatterer ischt mir draufkemmen. Und sogar der „Führer" hat an andern in sein Büechl. Dreimal hätt mi die Sektion mitm roten Farbhäfen markieren gschickt aufm Haunold und dreimal hab i enten dem Kaßlatterer seine Schuesterrouten g'strichen, weil da enten die Farb besser angeaht aufm Stoan wia da aufm Haunold. Bal aber amol a Herr an Rappel kriagt und er baut beim Aufsteigen seine Stoanmandln auf die Routen hin, men-schenfreundlicherweis, nacher tue lei hinterdrein die Stoaner wieder guet ausananderklauben, Much. Sagst, dös mueß sein, sünst bal der Sturm kimmt, gibts an Stoanschlag. Auf dö Weis ischt meine Routen allweil bei mir blieben und no heut ischt es in alle Pusterer

Wirtshäuser so, daß der Wirt, bal der Herr an Führer fürn Haunold möcht, sagt: „Den Haunold führt lei der Stabeler!" Und bal du gscheit bischt, Much, dann tuest, wia i gsagt hab, und der Berg bleibt in der Familie.

Wie gsagt, die Nordwand im Aufstieg und ober über die lang Rinn in der Südwand! So tuest am böschten, Much, weil du dein Herrn nacher nit glei direkt ins Dorf bringst, was für den Führer nia nit guet ischt, sondern ins Innerfeld, wo er mit dir an vier Wirtshäuser vorbei mueß. Bal er aa bei der Schuesterhütten vom Zuekehrn no nix wissen will, bei der „Sunn" spürt er epper do schun, daß er dürstig ischt und bal er nacher no beim Badlgasthaus ung'löscht vorbeikimmt, beim „Bruckenwirt" zahlt er dir epper do a Viertele, wann er nit ganz a Notiger ischt.

Merk dir dös, Much: Bal der Führer aa oben in die Felsen allweil lei an sein Herrn denken därf, herunten im Tal därf er schun an si ah denken und die Sach so richten, daß er selber besser drauskimmt.

Und nacher die Ostwand, Much. I woaß, du hascht sie gern. I versteah dö Liebschaft woll. Sie ischt gach, verwegen und frei. Sie braucht Schneid und an gueten Herrn. I sag lei: Nit z'billig! Unter fufzehn Gulden geahst si nit. Wia mehr der Führer verlangt, wia mehr ischt er wert."

„Ischt guet", sagt der Much jetzt und schaut prüfend den Vater an, „und wia tüen mier nacher heut?"

„Die Ostwand epper do nit", lacht der Alte und reckt die steifen Glieder, „sünst trifft ünser Doktormandl der Schlag!"

Der Much legt das Seil aus und tut dem Vater die Schlinge über. Dann steigen sie ein, nach der „Familienrouten".

Der Stabeler schiebt seine steifen, gichtverkrümmten Finger in die alten, wohlvertrauten Griffe, die er blind und mitten in der Nacht finden könnte. Er zieht das Knie auf, nicht zu hoch, wohl gemessen und stellt den Fuß haarscharf in den richtigen Tritt. Aber der Atem geht ihm schwer und der Puls springt wild und wie sie auf das schmale Band kommen, wo die Welt tief und schwarz absinkt, faßt ihn der Schwindel an. Da sagt er zum Much zurück: „Da kann es sein, Much ... Du hast an Herrn am Seil, den der Schwindel packt ... Da mueßt'n sichern, Much! Woaßt woll wia du tüen mueßt, ha? Nacher zoag mir's!"

Und während der Much den Vater mit dem Seil sichert, tut der Alte die Augen zu und greift sich über das Band hinüber.

Dann packen sie den Kamin an. Der Much zwängt sich hinter dem Vater drein, faßt das Seil ganz kurz und fragt: „Wia tuets?"

„Tuet woll", schnauft der Alte mühsam, „da im Kamin kann es sein ... daß du an Herrn hascht, der nit guet schlieft. Nacher mueßt halt nachgreifen, Much, den Herrn a bissele auenschieben und weitertransportieren. Versteahst?"

„Woll, Vater", sagt der Much, spreizt sich breit in den Riß, klemmt die Schulter ein, schiebt den Alten weiter und hebt ihn über ein vorspringendes Felsstück empor. Der Kamin ist lang. Der Much spürt, wie der

Vater keucht, wie er völlig ohne Kraft ist, als sie das letzte Stück nehmen.

Dort, auf dem obern Band, bleibt er liegen und ringt eine Weile lang heftig nach Luft.

„Tuets Vater?" fragt der Much.

Der Alte nickt. „Woll, woll!" sagt er nach einer Weil, „es ischt lei so, Much..., da auf dem Platzl kann es sein, daß der Herr verschnaufen mueß... Dann laßt'n grad liegen, bis er verschnauft hat... Daß er wieder ganz ruhig ischt... und du kannst ihm daweil mit der laaren Flaschen... greif lei zruck, da in dem Loch drein mueß si liegen!... a bissele a Wasser zsammtröpfeln, bal den Herrn epper dürst!"

Der Much greift um die Flasche und sammelt an der nassen Stelle, die über die Gipfelwand kommt, Tropfen für Tropfen das Wasser zusammen, das der Alte gierig hinunterschlürft.

„Der Föhnwind macht soviel trucken", sagt er und seine Augen glühen fiebrig.

Der Much schaut zweifelnd zum Vater hin und fragt, indem er über die Gipfelwand empordeutet: „Geahts no, Vater?"

Der Alte antwortet nicht. Er sieht den Much an und schmerzlich zuckt es um seinen Mund. Wieder irren seine Augen über die Wand empor und suchen den nahen Gipfel.

Aber keuchend geht der Atem, stoßweise und schwer. Dem Alten sinkt der Kopf vornüber...

„Vater?" fragt der Much bang, „epper geahn mier hiez do zruck?"

Da blickt der Alte auf. Seine Augen sind wieder hell. Er atmet tief. Und ruhig sagt er: „Der guete Führer ... redet seinem Herrn nit vom Zruckgeahn ... Dös redet schun der Herr selber, bal es sein mueß ... Der guete Führer sagt: „Herr, der Gipfel ischt nimmer weit ... nacher ischt alles vorbei ... aufm Gipfel ... oben ... ischt alles überstanden!" Liaber als er vom Zruckgeahn redet, liaber nimmt er sein Herrn aufm Buckel und ..."

Da steht der Much langsam auf.

„Kemmts, Vater!" sagt er.

„So ischt es", sagt der Alte, „der brave Führer ... denkt lei an seinen Herrn!"

Und, den kranken Vater auf seinem Rücken, klettert er, Tritt für Tritt, die Schrofen der Gipfelwand hinan.

Dann oben auf das schwere Gipfelkreuz gestützt, richtet sich der Alte mühsam auf. Der Wind wühlt in seinem weißen Haar. Die Augen gehen hin über das Land, das wundersam, wie der Gottesgarten, unter ihm liegt, doppelt geweitet von dem mächtigen Föhn, der durch die Welt braust, und klar bis zum äußersten Firnenkranz der Berge, über dem sich ganz nahe und groß der Himmel auftut.

Dann sagt er langsam: „So hab i dir zoagt, Much, wia du mit dein Herrn tüen mueßt. I hab dir den Haunold rechtschaffen übergeben. Meine Arbeit ischt tan."

er Höllische selber

Draußen in der Nachtkälte springt das wilde Gejaid um die Schusterhütte. Drinnen aber in der warmen Kuchl hocken die Bergführer auf der Herdplatte und singen und juchzen und lassen die dicke Wirtin leben, die scheibenrunde Pfoserin, die den besten Weinbanzen angestochen hat. Lustig ist's, hö auf!

„Geaht dös epper wem was an?"

„Oder ischt da epper wem was nit recht?"

Oder sollten etwa die armen, kreuzgeplagten Bergführer, die den ganzen Sommer über ihre pfundschweren Herrn über die Köfel auf- und niederziehen, frühauf beim ersten Licht und in der halben Nacht erst wieder auf die Britschen hin, sollten die nicht auch einmal einen guten Tag haben und noble Herren spielen, heut, wo der wilde Sturm die anderen Herren, die richtigen, aus dem Land geblasen hat und der Schnee hinterdrein die letzten Fetzen der „Säßon" zuschneibt? Hölltuifl-himmelkreuzseiten!

„Pfoserin, no a Buttele!"

Die Gulden springen. Sie war ja nicht schlecht, die „Säßon". Was sollten da die Gulden nicht springen?

Der Kaßlatterer Girgl tut die Arme weitmächtig auf und breitet die Ziehharmonika auseinander, so lang sie geht, daß sie mit einem tiefen Gurgelton die halbe Luft aus der Kuchl einzieht. Dann schreit er „Hö—auf!" und rückt und drückt den Balg langsam zusammen, schiebt die Falten ineinander und läßt dabei die Finger, alle zehn, blitzschnell hin und her springen. Da purzeln die schönsten Lieder und Tanzeln daher, schlagen über und springen rundum, daß es eine Freud ist. Schnell noch, ehvor die gute Luft zu End ist, macht er etliche Schnapper, daß das letzte Tanzl rechtschaffen fertig wird, dann schnauft er wieder lang auf und holt die neue Luft.

Und die Bergführer ziehen auch die Luft wieder in ihre Brustkästen und singen und plärren.

Der Toneler Karl haut sich im Takt auf die bloßen Knie, daß es patscht. Der Ladurner Steffele schnaggelt kunstvoll mit den Fingern und der Schluiferer reckt das Weinglas hochauf und schreit:

„Ünsere Herren sollen leben!"

„Und mier selber daneben!" plärrt der Girgl und reißt die Ziehharmonika grunzend auseinander.

„Hö, lustig ist es heut auf der Schusterhütten, ganz extra lustig!

„Pfoserin, no a Buttele!"

Da steigt der alte, krumpe Kaßlatterer, der Bergführervater, auf den Tisch, zwickt die kleinen, rotgeränderten Schnapsäugln zusammen und lacht, daß die tau-

send Runzeln und Falten in seinem Gesicht hin und her
schießen.

„Maul halten, Leut!" schreit der Schluiferer, „der Kaßlatterer singt oans!"

Bis die Ruhe eintritt, die er braucht, leert er noch
schnell sein Glas, dann schluckt er ein paarmal auf und
hebt zu singen an:

„Hab an Herrn, an pfundschwaarn,
ischt gar a Baron.
Aufm Schuester soll i'n zaarn,
fufzehn Gulden ischt der Lohn.

Ans Seil tue i'n binden,
führ ihn auen übers Band,
heb ihn ummen über d'Schlünden,
ziech ihn auen über d'Wand.

In Kamin tue i'n zwängen,
sag: „Herr, da wirds eng!
Tüet den Bauch vorn aushängen
und ziecht enk in d'Läng!"

Der Herr schlieft mir nachen,
steckt drein im Kamin
und kann nix mehr machen,
kimmt nit her und nit hin.

Beim Seil tue i'n zaarn,
steig zruck und ziechn hint,
den Brocken, den schwaarn,
i tritt auf sein Grind.

I reiß bei den Füeßen,
Er will mir nit geahn.
Es tuet mi verdrießen,
Was soll i da tüen?

Kimmt der Much um die Ecken
und fragt, was da gschiecht.
„Mei Herr bleibt mir stecken!"
Er hilft mir und ziecht.

„Dös waar ja zum Lachen,
durchi mueß er, auf der Stell.
Mier werd'ns woll dermachen
und geahts, wia der wöll."

„Kreuztuifl, du Knochen,
glei ham m'r di drauß."
Ho — ruck! ham m'r zochen.
Wia schaut er denn aus?

Baron ischt dös koaner!
Wia kimmt er üns für?
Koan Bauch, lei mehr Boaner,
endslang und zaundürr.

Zaundürr und endslang,
umundum brettleben,
drei Gulden für den Fang,
dö hat er üns gebm.

Die Routen ischt offen,
frei ischt der Kamin.
Die Gulden sein versoffen,
Der Baron, der ischt hin.

So singt der alte Kaßlatterer. Die Stimme schlägt ihm
über. In den höchsten Fisteltönen kräht er sein Lied zu
Ende, und das Wasser kommt ihm dabei in die Augen.

Die andern aber heben den Bergführervater vom
Tisch, schütten ihm den Wein durch die Gurgel und
lassen ihn hoch leben!

Lustig ist es heut auf der Schusterhütten!

„Geht dös epper wem was an?"

„Oder ischt da epper wem was nit recht?"

„Pfoserin, no a Buttele!"

„Dös ischt dös Löste", sagt die Pfoserin. „Wia i in
Keller gstiegen bin, hat's grad draußen zwölfe gschlagn!"

„Zwölfe!" schreit der Girgl und reißt die Ziehharmonika auf.

„Zwölfe!" plärrt der Ladurner Steffele und schnaggelt mit den Fingern.

„Zwölfe!" springt der Much auf, tappt weinschwer
in die Mitte der Kuchl hin, reckt die drei Schwurfinger
hoch und schreit: „Zwölfe! Dös ischt üns wurscht, Pfo-

serin! Heut ham m'r Schneid, heut bal der Höllische selber kam, heut gang i mit ihm gradaus aufm Haunold, ha, ha, ha!"

Ha, ha, ha! Hölltuiflhimmelkreuzseiten! — — —

Da... mitten im lautesten Lachen... geht die Tür auf. Ganz von selber... ganz... von... selber.

Der Much hat noch seine Schwurfinger in der Luft und bringt sie nicht mehr herunter.

Die andern schlagen ein Kreuz, wie sie Ihn selber in der Türe stehen sehen.

Totenstill ist es mit einem Mal.

Dem Girgl kommt die Ziehharmonika aus und fällt nieder. Das gibt einen langen, wehmütigen Ton.

„Alle — gueten — Geischter...", betet der Much und ist so weiß, wie die Wand.

„Much", sagt der Teufel ganz freundlich und nobel, wie ein richtiger Herr, „Much, du selber hascht mi g'ruefen, da bin i. So wia du es verschworen hascht, so wird tan. Mier geahn aufm Haunold. Über die Nordwand. Kimm!"

Und der Höllische winkt dem Much und tritt vor das Haus. Jetzt bringt der Much erst seine Finger aus der Luft herab, schlägt dreimal ein Kreuz über die Brust und drückt dann auf beiden Händen den Mittelfinger kreuzweis über den Zeigefinger.

„Da hilft nix mehr, Much", sagt die Pfoserin, „du hascht es verschworen, du mueßt hiez geahn!"

„O mei liebe, guete Pfoserin...", stottert der Much.

„Nix, Pfoserin! I mag mit dein Handel nix z'tüen ham!"

144

Schwindelfrei und trittsicher — dann kann der Zwölfer riskiert werden (Zwölfer-Westwand vom Büllele-Joch).

Der Preuß-Riß an der Kleinen Zinne ist eine verwegene Kletterei.

„Tüet mi do nit ganz verlassen, hiez wo er, der ...
wo er selber auf ... mi draußen wartet ..."

„Da kannst gar nix dagegen tüen", sagt der alte Kaßlatterer, der jetzt ganz nüchtern ist und die Augen weit
offen hat. „Die Pfoserin hat recht. Du mueßt geahn.
Es ischt ja wegen dein Führerbuech. Bal du es ihm —
du woaßt schun, wen i moan — ausschlagst, was du ihm
versprochen hascht und er schreibt der Sektion ..."

„Wird epper do nit sein?"

„Dös kann man ganz und gar nit wissen", sagt der
alte Kaßlatterer streng, „dös kimmt halt drauf an, wia
er si mitm Sektionsvorstand steaht. Und i moan, schlecht
schlecht steaht er nit bei dem ..."

„Moanst?"

„Und nacher, bal amol auf so oaner Sach a pfund-
schwaarer Eid draufliegt, Much, dann ischt es überhaupt
schun gar nimmer leicht ..."

„Oh, ös meine herzlieben Freund und Kameraden
allsammt ... tüet mi lei hiez nit verlassen ... in der
schiechen Not ..."

„Uns geaht dös nix an!" sagt der Girgl und schiebt
die Ziehharmonika wieder zusammen, „mier sein eh
gnue derschrocken!"

„Tue deine Suppen lei selber auslöffeln", sagt der
Schluiferer, „hascht sie dir selber einbrockt ah!"

Und alle sagen: „Hascht dir'n ja selber g'ruefen! Hiez
wartet er halt draußen!"

Da will der Much niederknien auf den Boden, will ...

„Hiez geahst!" schreit der alte Kaßlatterer ganz fuch-
tig und haut mit der Faust in den Tisch.

Da langt der Much mit einem tiefen Seufzer um sein Seil und wankt aus der Kuchl.

Draußen, der Höllische, springt schon voller Ungeduld von einem Fuß auf den andern.

Es ischt eine schaurige Nacht. Der Mond steht hinter den Wolken. Ohne Sterne ist der Himmel. Schwärzer als schwarz steht drüben der Haunold. In allen Schlüffen und Schlünden lauert die bange Finsternis. Oben auf den Graten reitet die wilde Jagd.

Der Much ist jetzt ganz nüchtern.

„Erscht wird zahlt!" sagt er.

„Tarif?"

„Fufzehn Gulden. Aber dös ischt lei beim Tag. Bei der Nacht..."

„Doppelt!"

„Woll, dös gilt!"

„Gilt!"

„Hoaß Tuifl!" schreit der Much wie er die glühende Bratzen in seiner Hand spürt.

„Sag nit so schiach, Much! Nenn mì „Herr", wia es Brauch ischt", meint der Höllische und spuckt dreimal hinter einen Felsen. Da tut sich abgrundtief ein Loch auf, schaurig und voll Feuer.

„Halt auf!" schreit der Schwarze und greift tief in das Loch.

„Hoaß, Herr!" jammert der Much. Aber er zählt die glühenden Gulden haargenau mit.

„Dreißig!" Nicht einen zu viel und keinen zu wenig.

„Glatte Rechnung — gute Freundschaft!" sagt der Höllische.

146

„Um die Freundschaft ischt es mir nit, Herr, aber ums Trinkgeld!"

„Trinkgeld hintnach!" sagt der Höllische.

„Ah recht, Herr!"

Jetzt wirft ihm der Much das Seil über und knotet es ihm auf der Brust zusammen.

„Lei koan Kreuzknopf!" schreit der Schwarze.

„Versteah woll", sagt der Much grantig und geht den Weg hinüber zum Einstieg. Der Höllische wie eine schwarze Katz mit glühenden Augen und auf allen Vieren hinter ihm nach.

Der Much dreht sich nicht um. Er hält bloß die Finger übers Kreuz und betet den Rosenkranz, den schmerzhaften.

Der Fels ist kalt und naß. Der Much packt das lange Band, den Schuttgang und dann den Riß. Im obern Kamin fragt er, ohne sich umzudrehen, mitten in die Nacht hinein: „Wia tuet's?"

„Tuet woll", kommt die Stimme von hinten.

„I moan wegen die Füeß, Herr, beim Steigen. Es geaht woll nit guet mit Bocksfüeß ..."

„Ischt ja lei der linke bockig!"

„Dös ischt mir ganz neu. Der Pfarrer hat amol gsagt in der Christenlehr', alle zwoa sein bei Enk bockig."

„Aufhörn mitm Pfarrer! Weiter!"

So lupft der Much die glühaugige Teufelskatz nach dem Stabelerweg hinauf auf den Haunold.

„Vater, selig, verzeichs", betet der Much, „daß i heunt ... mitten bei der Nacht kimm ... und den da hint dran ... siechst woll. Ischt lauter Fürwitz und

Übermut gwesen ... und halt, der Wein, etliche But-
telen, woaßt woll. Aber i kann nit aus. I mueß ihn
führn, sünst klagt er mi. Tue halt a guets Wörtl ein-
legen für mi, Vater ... epper beim heiligen Michael ...
beim Namenspatron, bei dem bin i allweil guet
gstandn ..."

„Hör auf mit dem!" schreit es unten.

Der Much fährt erschrocken zusammen und tut einen
schnellen Blick in die Tiefe. Er sieht den Höllischen am
Seil hängen, federleicht wie ein Knäuel schwarze Woll,
und hintaus glangelt der lange Schwanz.

Der Much hockt nieder und sichert. Der Schwarze
klettert nach.

„Lei dö Wand no!" denkt der Much und der Angstschweiß tropft ihm von der Stirn, „oh, mei liaber, hei-
liger — woaßt eh — dö Wand no, nacher isch alles
überstanden!"

Ruck für Ruck zieht er das Seil auf. Er spürt fast
kein Gewicht dran. Näher und näher kommt der Höllische. Mit einem Sprung hockt er neben dem Much
auf dem schmalen Platz.

Der Fels ist eiskalt und spitzig zum Sitzen. Der Höllische nimmt die Seilschlingen auf und setzt sich drauf.
So oft der Much beim Weitersteigen oben Seil braucht,
lupft er sich mit den Händen auf.

„Seil aus!" schreit es unten, wie die letzte Seilschlinge
über die schwarze Hand kriecht. Dann springt der
Teufel flink in die Felsen.

Wie der Much die Wand schier bezwungen hat und
schon nach den letzten Schrofen greift, die zum Gipfel

führen, verschnauft er und bringt schnell etliche Stoß-
gebetln an, ehvor der Höllische da ist. Dann will er den
Gipfel packen.

„Halt, Much!" schreit der Schwarze, „hiez wart!
Gell, aufm Gipfel ischt dös neue Kreuz. Dös reißt aus
und schmeißt es über die Wand ins Kar. Woaßt, Much,
bal dös Kreuz nit wöck ischt, kann i nit aufn Gipfel!"

„Woll, woll, Herr", brummelt der Much. Aber er
denkt: „Wart lei, du Höllenlueder, du schwarzes, hiez
krieg i di!"

Er sagt recht freundlich: „A bißl föschter ans Seil
hiez, Herr, es geaht entern Gipfel kerzengrad obi!"

Und ehe der Teufel recht sieht, was los ist, macht der
Much einen Kreuzknopf ins Seil. Dann steigt er schnell
zum Gipfel. Gott sei Dank, da steht schön und großmächtig das neue Kreuz.

„Tue weiter!" schreit es hinten in der Nacht.

„Glei Herr!" gibt der Much zurück.

Schnell schlupft er aus dem Seil und bindet das Ende
um das Kreuz. Dann schwingt er sich über den Gipfelblock hinunter in die Südwand und schreit zum Höllischen hinüber: „Schian guete Nacht, Herr! Dös Trinkgeld mögts enk g'halten!"

Der Teufel schlieft auf allen Vieren vorsichtig zum
Kreuz hin, tut einen höllischen Fluch, wie er es so schön
auf dem Gipfel stehen sieht, und kriecht wieder zurück.
Dann will er dem Much nach. Er will den Knoten lösen.
Doch schnell zuckte er mit seinen Pfoten weg. Es ist ein
Kreuzknopf. Er kommt nicht los...

Unten aber fällt der Much todmüd unter den Tisch: „Leut . . . Leut . . . tüet loosen . . ."

„Bischt eingschlafen, Much?" meint die Pfoserin.

„Eingschlafen?" schreckt der Much auf, „ja, Höll . . . Höllundhimmelkreuzseiten . . . hörts denn dös nit, wia der Höllische um den Haunold surmt?"

„Was surmt?" fragt die Pfoserin.

„Bal der Much lei mit oan Aug ins Weinglasl schaugt, ischt er schun zue!" sagt der alte Kaßlatterer und schiebt die Bank zurück.

„Der Surm . . . der höllische Surm . . . tüet loosen, Leut!"

„Kimm, Girgl", sagt der Alte, „faß an!"

Sie heben ihn mitsammen vom Boden auf. Er hält sich an ihre Schultern und sagt: „Es gibt allerhand schiechs auf der Welt . . . aber den Höllischen am Seil . . . dös ischt dös Allerschiechste . . ."

„Heb auf, Girgl", sagt der Alte.

Der Much aber fällt dem Alten um den Hals und flüstert ihm ins Ohr: „Aber i hab ihn derwuschen . . . mir ischt er nit über . . . ans Kreuz hab i'n bunden . . . mit an Kreuzknopf . . ."

Dann werfen sie ihn wie einen vollen Erdäpfelsack hinter die Britschen.

em Niggele seine Himmelfahrt

Einmal sind die jungen Führer auf der Zinnenhütte beisammen. Sie hocken alle vier um den runden Tisch und hauen die Trümpfe hin, daß der Wein in den Gläsern tanzt.

Die Herren aber hängen ihre Nasen in die dicken, grünen Alpenvereinsbücher und lesen vom Kaukasus, vom Akonkagua, vom Himalaja, wo ein „ewig blauer Himmel herniederstrahlt", was in den Alpen derzeit nicht der Fall ist. Von Zeit zu Zeit hebt einer, der sich zu tief in die heiße Sonne hineingelesen hat, den Kopf und schaut zum Fenster hin, wo dick, wie ein schwerer Vorhang, der graue Regen niederhängt.

Doch die Führer sind kreuzlustig, weil sie alle vier „fest engagiert" sind, also daß es ihnen gleich ist, ob es regnet oder nicht, weil der Tag so oder so bezahlt werden muß.

„Führer!" ruft der Herr, der dem Much gehört, und deutet in sein Buch, „sind sie das?"

Der Much schiebt sein Kartenblatt zusammen, tritt hin und schaut dem Herrn über die Schulter in das Buch.

„Ja, dös sein sie, Herr, alle drei!" sagt er.

„Die Kleine, die Große und —"

„Und die Weschtliche Zinne, Herr."

„Imposant!"

„Ha?"

„Ich meine großartig, einfach fabelhaft, wie diese Felsungetüme emporsteigen — — —"

Und wieder tut der Herr einen Blick zum Fenster hin, wo die ganze Welt verhängt ist, und macht einen tiefen Seufzer.

Der Much aber lacht und haut dem Girgl die Trumpfsau über den König, daß es kracht, und schiebt den kupfernen Kreuzerhaufen über den Tisch her auf seinen Platz.

Nach einer Weile steht dem Girgl sein Herr auf, geht zum Barometer hin und haut mit der Faust auf das Brett.

Sofort heben alle Herren die Köpfe auf und warten gespannt. Weiter drischt der Herr auf das Barometer los. Dann schaut er eine Weile auf das Glas hin. Aber schließlich schupft er bloß die Achseln und hockt sich wieder hinter sein Buch.

„Und bal er es auf tausend Trümmer haut, der Dolm", sagt der Girgl, „dös Wetterglasl tuet ihm koan Naggler nit, weil der Regen viel z'guet eing'hängt ischt. Was i von der Sach versteah, hocken mier über die Wochen ah no da und tüen nix als perlaggen."

„Bscht, nit so laut!" sagt der Much, „üns kann dös Wetter ja wurscht sein. Aber es ischt nit guet, bal ünsere Herrn gar so verzagt und zwider werden. Sie schaugen eh schun so sauer drein, wia der Wein aus der Kastlungerin ihrem Essigfaßl. Mier sollten eppes tüen, daß sie a bißl lachen müessn . . . ."

Dabei blinzelt der Much mit den Augen und tritt den andern auf die Füße.

Wie alle verstanden haben, zählt er: „Oans — zwoa — drei!"

Dann schreien sie alle vier zusammen:

„Gras!" schreit der Steffele.

„Oachl!" der Toneler.

„Schell!" der Girgl.

„Herz!" der Much.

Wie die Herren erschrocken von ihren Büchern aufschauten, erklärt der Much: „Dös hoaßt man bei üns in Tirol den Elefantenhuester!"

„Gsundheit!" sagt einer der Herren.

Aber es lacht keiner, weil das Wetter viel zu schlecht ist dafür.

Und es ist wieder still eine Weile lang.

Nur die Knöchel trumpfen hart auf den Tisch und der Regen rauscht nieder.

Da sind plötzlich Schritte draußen und ein großer, grauer Schatten geht an den Fenstern vorüber. Schwer tappt es über die Schwelle und in den Gang.

Der Much tritt mit dem Fuß die Türe auf.

Da sehen sie ein riesiges Bündel daherwanken. Wie die Kastlungerin die weite Regenplachen abhebt und das Wasser, das sich in den Falten gesammelt hat, vor das Haus schüttet, taucht die große Tragkraxen auf, Brotwecken, Krautköpf, ein großer Wurstkranz, ein Zuckerhut, Packeln und Sackeln und die reparierte Kaffeemaschine obenauf. Ganz unten aber, kaum zu erkennen, halb zerdrückt und verwutzelt, ist der alte, weißhaarige Niggele.

Krumm gezogen von der Last, schlieft er aus den Tragriemen und richtet sich gerade, so gut es geht.

Er zieht die Achseln hoch, eine nach der andern, als würde er dem leichten Leben noch nicht ganz trauen, steckt die Röggelpfeifen in den Mundwinkel und tappt o-beinig zum Ofen in die Stube.

„Luederwetter, kreuzverdammtes!" flucht er und reibt den Rücken an den warmen Kacheln.

„Ischt es leicht naß draußen, Niggele?" fragt der Girgl und schüttet mit einem Schwung das volle Weinglas durch die Gurgl; „mir ischt es no allweil viel z'trucken!"

„Hundsknochen, du schlechter, du!" stößt der Niggele zwischen den Zähnen hervor und spuckt sprunggiftig in den Ofenwinkel, „spötteln tuet er ah no, der Häuter, der vermaledeite, und siecht, wia mi die Saukälten beutelt!"

Der Girgl lacht, füllt sein Glas und hält es ihm hin: „Sauf, Niggele, um den Wein ischt nit schad!"

Die Kastlungerin kommt mit dem Putzfetzen und wischt die nasse Spur auf, die der Niggele durch die Stube gezogen hat. Sie putzt das Wasser zusammen, das von ihm niederrinnt, windet den Fetzen wieder aus und breitet ihn dem Alten unter die Füße.

„Da hocken sie, broat und föscht auf ihrem Hinterteil", hebt der Niggele zu schimpfen an, „die Herren Bergführer, und hauen dem Herrgott die Trümpf hin, daweil si ünseroaner in seine alten Tag schinten und rackern mueß, in dem Dröckwetter, in dem hundigen, in dem elendigen ..."

„Niggele, sei stad", sagt der Much.

„Nit bin i stad, ganz und gar nit! Schinten, sag i, und raggern, daß die Herren Führer heroben was z'fressen und z'saufen ham. Und nacher bal der arme Trager seine Kraxen voll Fraß auerschleppt, müehselig, daß er ganz eingeaht dabei und ihm die Knie schier am Boden anschlagen, weil es ihn so z'sammdruckt, nacher sollt er si von so an Führer da ausspötteln lassen, von so an Tagdieb ..."

„Niggele, hö!" schreit der Much und schiebt die Karten zusammen, „hiez tue nit gar so bissig sein. Beißt ja allweil ins Leere. Wart lei, die Kastlungerin hat eh schun dein Schmarrn aufm Feuer, da magst nacher beißen ..."

„I beiß, was i mag!" pfaucht der Alte, „und 's Maul halt i nit ..."

„Nacher hau i dir den nassen Fetzen über dei loose Goschen ...", schreit der Girgl und springt auf.

Die Herren heben ihre Nasen aus den Büchern.

Da stellt sich der Niggele auf seinen Fetzen hin, fletscht die Zähne wie ein bissiger Dachs und fuchtelt mit den Fäusten in der Luft herum. Zornwütig funkeln seine kleinen, schwarzen Mausäuglein.

„Kimm lei her!" zischt er.

Da müssen sie alle lachen, wie das kleine Teufelsmandl dasteht, die Beine so rund, daß man ein Bierfaßl durchscheiben könnt. Auch der Girgl lacht, dreht sich um und hält ihm wieder das volle Weinglas hin.

„Traust dir nit, gell!" schreit ihn der Alte an. Seine Stimme schlägt über vor Wut und der Geifer trieft aus seinem Mund. Aber schnell, mit zitternden Händen, faßt er nach dem Glas.

„Auf dein Wohl, Girgl", sagt er und trinkt es mit einem Zuge leer.

Dann verkriecht er sich hinter dem Ofen und hebt mit sich selbst zu reden an: „So a Führer woaß ja nit, wia guet er's hat. Hockt frei und ledig bei sein Weindl, schian trucken außen, schian naß inwendig, und hat sein braven Herrn nebenbei, der ihm die Zech zahlt. Und bal es zum Steigen ischt, hat er halt so a Rucksackele hintoben, a lötzes! So a Saubeutele, a g'ringes, dös i mit der linken Hand auentrag, ha, ha . . .

Ischt dös epper was, so a Rucksackele? Da solltn sie amol mei Kraxen tragen, höllverfluecht, da taten die Herren Führer schaugn? Ummerschleichen taten sie um mei Kraxen wia der Marder um an Hendlstall und taten nit wissen, wo einischliefen, ha, ha . . .

Und bal sie drin waaren — nit. aufderlupfen taten sie mein Kraxen, dö Häuter, dö windigen . . ."

„Niggele", schreit der Much hinter den Ofen hinein, „di trag i samt deiner Kraxen von unten bis zur Hütten auer!"

Da kriecht der Niggele aus dem Ofenloch hervor: „Was redst du da?"

„Der Pfarrer predigt nit zwoamal. Aber so tue i, wia i gsagt hab!"

Der Niggele schlägt ein Lachen auf, schrill und durchdringend, daß die Herren erschrocken in die Höhe fahren.

„Was du g'redt hascht, frag i!" schreit der Alte.

„Glei", sagt der Much, „i mueß lei no dem Girgl sein Graskinig stechen!"

„Mi mitsamt der Kraxen, moant er; von unten bis zur Hütten auer, moant er, der Sprüchmacher, der windige. So a jungs Dröckmanndl moant, weil er an Batzen Edelweiß als Führerzeichen auf der Brust hat, kann er mir dös Tragen zoagn, mir, dem alten Niggele, der dreiavierzg Jahr sei Kraxen tragt . . ."

„Gstochen!" schreit der Much und wirft die Karten zusammen. Dann geht er langsam zum Ofen hin.

„Also, Nigglvater, es gilt. Bal mei Herr nix dagegen hat, trag i di morgen mitsamt der Kraxen vom Dolomitenhof auer zur Hütten!"

„Dös bal du z'sammbringst, nacher . . ."

„Was ischt nacher?"

„Da wett i, was d' magst dagegen. Dös ischt lei so g'redt. Dös glaab i ganz und gar nit!"

„Was wettst, Nigglvater?"

„Was du willst, den richtigen Tragerlohn, alles . . ."

„Dösch ischt gnue. Also: Bal i di auf der Kraxen vom Dolomitenhof auertrag bis in die Hütten, krieg i den rechtschaffenen Tragerlohn, fürs Kilo 12 Kreuzer. Bal i di nit auerdertrag, zahl i dir a Buttele Wein!"

„Aber a große Buttl, oane mit zehn Liter!"

„Mit zehn Liter!"

„Ung'wassert und den böschten, den die Kastlungerin hat!"

„An Terlaner epper, ha, Nigglvater?"

„A Buttl Terlaner, nacher gilt's!"

„Gilt!"

„Ja, hiez brauchn m'r no zwoa Zeugen", sagt der Niggele und schaut rundum.

Führer und Herren, alle stehen da und schauen, wie die Wette zusammengeht. Der Girgl und der Toneler machen die Zeugen. Der Herr, dem der Much gehört, erklärt, daß er nichts gegen den Handel hat, wenn das Wetter morgen so schlecht ist wie heut.

„Da ischt koa Gefahr, daß es anders wird, Herr!" sagt der Much.

Der alte Niggele tut seine Hand in die vom Much, die Zeugen patschen drauf und damit ist die Wette abgemacht.

Dann — ohne viel reden — packt der Much den Alten hinten beim Rockzipf, wie eine Katz bei der Bucklfalten, hebt ihn hoch auf und trägt ihn rundum durch die Stuben.

Der Alte zappelt und schreit: „Was willst?"

„Lei probieren, wia's tuet!" sagt der Much.

Später dann kommt die Kastlungerin daher und stellt dem Niggele ein Teller gupfvoll Schmarrn hin.

Der Alte wischt schnell das Kreuzeichen über die Stirn und fällt heißhungrig über den Schmarrn her. Fuhr um Fuhr ladet er auf seinen großen, runden Holzlöffel.

„Friß nit soviel, du alter Freßsack", lacht der Much hinter seiner Spielkarten, „sünst wirst mir z'schwaar morgen in der Frueh!"

„Extra z'Fleiß friß i, was lei einigeaht!" schreit der Niggele giftig. „Ausgmacht ischt da gar nix, fressen därf i, soviel i will. Hö, Kastlungerin, siechst nit, der Schmarrn hat si schun verschloffen, no so a Pfundsportion!"

Da schüttelt sich der Much vor Lachen und spät am Abend, wie der Niggele seinen dreifachen Schmarrn drunten hat, einen doppelten Hafen voll Kaffee mit sieben Dampfnudeln und dann noch zu guter Letzt ein Trumm Speckwurst „zum Niederschwaarn", daß er rund und vollgefressen hinterm Ofen flackt, tritt der Much zu ihm hin und packt ihn wieder hinten beim Rockzipf.

„Laß heben", lacht er und tut, als wollte er den Alten wieder hochstemmen und durch die Stube tragen. Blitzrot wird er vor Anstrengung. Aber, wie er sich auch müht und plagt, er bringt den Niggele nicht mehr vom Fleck.

„Hiez hat er si schwaar gfreßn, der Frißling", keucht er, „hiez ischt alles verloren!"

Lachen da die Herren alle und die Führer kugeln sich und schlagen sich auf die Knie, daß es patscht.

Das macht den Niggele noch wilder. Er funkelt mit seinen kohlschwarzen Mausäugeln und zischt: „Schwindel ischt dös! Er tut lei so ... dös kenn i woll! Aber mi schwindelt er nit an, der Tuiflsgsell, der speibschlechte, mi ganz und gar nit!"

Dann schlieft er hinter dem Ofen hervor und richtet sich zum Gehen. Die Kastlungerin tut ihm die leere Kraxen über. Er drückt seinen weiten Filzhut über den Kopf, faßt den langen Stecken, wirft die Plachen über und schreit in die Stuben: „Alsdann, Stabelerbue, um fünfe beim Dolomitenhof!"

„Ischt guet", sagt der Much.

Dann, wie er schun im Gehen ist, schreit er in die Hütten: „Kastlungerin, a Buttl Terlaner für morgen richten, gell!"

— — — — — — — — — — — — — — —

Noch immer ist die Welt weitum voll Wasser, als der Much am andern Morgen in aller Herrgottsfrüh durch die finstere Regenwand hinunterspringt ins Tal.

Der Niggele hat überall die Geschichte von seiner Wette herumgetragen, also daß unten im Dolomitenhof das ganze Hauspersonal versammelt ist und sich den seltenen Handel anschaut.

Der Alte ist kreuzlustig und springt um seine Kraxen rundum und sagt einmal ums anderemal, wie schön es ist, wenn einmal der alte, krummgebuckelte Kraxentrager, der sein Lebtag lang für andere Leut getragen hat, selber auf seine Kraxen hocken kann und zur Hütten auffahren darf, nobel und schön, wie bei der Himmelfahrt.

Und immer wieder richtet er das Sitzpolster, schiebt die Decke, die er über die Rückenlehne gezogen hat, zurecht, setzt sich probeweise hinein und schaukelt ver-

Das sind schon die jungen „Stabeler", die hier am Einstieg den Überhang studieren.

Ein junger Sextener Führer auf dem Gipfel der Großen Zinne.
Dahinter der Gipfelbau der Westlichen Zinne.

gnügt mit seinen Säbelbeinen durch die Luft, daß sich der Hausknecht kaum mehr halten kann vor lauter Lachen.

Da steigt der Much aus dem Wald daher, der Bärenlackel, die Hände in den Hosensäcken vergraben, und sagt mürrisch: „So, Nigglvater, geahn' mr's an!"

Wieder faßt er den Alten beim Rockzipf und wägt ihn eine Weile prüfend in der Hand.

„Bischt heut aber schwaar, du Sakramandl, du", sagt er, „ischt dös alles ang'fressen, ha?"

Er stellt ihn nieder und schaut ihn mißtrauisch von unten bis oben an. Er sieht, wie dem Alten die Hosensäcke und Rocktaschen weit wegstehen, greift hinein und —

„Laß dös!" schreit der Niggele, „was i mitnimm, ischt mei Sach. Da ischt ganz und gar nix ausgmacht!"

„Was tuest nacher mit dö Stoantrümmer?" fragt der Much und wägt den schweren Stein in seiner Hand.

„Dö Stoaner muß i der Kastlungerin bringen", pfaucht der Alte, „weil... weil..."

„Weil sie oben bei der Hütten koane Stoaner nit hat", sagt der Much, „i versteah, Niggele. Aber mir ischt dös wurscht. Zwölf Kreuzer dös Kilo!"

Der Much steckt ihm den Stein wieder in den Sack. Dann faßt er den Alten an und bindet ihn auf die Kraxen.

„Die Plachen", schreit der Niggele, „es ischt ja soviel Wasser!"

Sie bringen die schwere Regenplache und decken den Alten zu. Der Much buckelt sich nieder, schlupft in die

161

Tragriemen und steht langsam auf. Der Hausknecht schüttet ihm schnell noch ein Fraggele Schnaps in die Gurgel.

„Hallo", jauchzt der Niggele und streckt den Kopf aus der Plachen, „auf geht's! Nobel ischt dös heut! Niggels Himmelfahrt, sag i, bal mier ah lei im Dröck stekkenbleiben!"

„Stad bischt, da hinten!" schimpft der Much zurück. „Gaudi wird da koane nit gmacht, verstanden?"

„Stad bin i gar nit!" schreit der Niggele, „und Gaudi mach i, soviel i will. Bal du nimmer weiterkimmst, nacher sag's lei, i bin schun dürstig auf mei Buttl Terlaner, hallo!"

Der Much schupft die Kraxen auf, daß es dem Niggele die Red verschlagt, dann steigt er langsam, mit großen, schweren Schritten den steilen Waldweg hinauf.

Eben wie er mit seiner seltsamen Fuhr um die Wegbiegung verschwindet, stürzt aus der alten Waldkeuschen, in der die Träger hausen, der Kirlnaz hervor, ein Mordstrumm Zuckerhut auf dem Arm, und schreit lautmächtig: „Niggele, du hascht ja den Zucker vergessen!"

Und satzt den beiden nach.

„Ja, Niggele", sagt er und tut ganz verschreckt, „wo bischt denn du? Du bischt ja ... auf der Kraxen, statt drunter und i bin da mit dein Zuckerhuet und ..."

„Ja, ja, die Welt ischt kurios", sagt der Niggele zum Kirlnaz, der hinter der Kraxen nachgeht, „aber den Zuckerhut tragst wieder ins Depot, verstandn. Den nimm i morgen, sünst ..."

„Morgen? Bal die Kastlungerin schun brummt und trenzt, weil sie koan Zucker nit hat!"

„Dös ischt hiez gleich. I kann den Huet nit nehmen, sünst werds dem armen Trager z'schwaar. Siechst eh, wia er schnauft und dampft, wia an altes Postroß! Er bricht mir ja z'samm!"

„Auf die Kraxen, den Sakrazucker!" flucht der Much.

Da nimmt der Niggele den Zuckerhut unter die Plachen, und der Kirlnaz springt den Weg zurück. —

Steinig wird der Weg. Große Wasserbäche schießen drüber her. Holzprügel und Staudenzeug liegt vor den Füßen.

Wie sie aus dem Walde kommen, schlägt der Regen herab und der Niggele zieht wieder die Plachen über.

„Wie tuets?" fragt er hinter die Kraxen hinunter.

„Dös geaht di nix an!" sagt der Much.

Der Weg geht über Almrosenstauden in die Felsenwildnis hinein, das Altsteintal empor. Tief hängen die Wolken nieder und schütten endlos ihr Wasser aus.

Der Niggele läßt den Regen niedertrommeln und hält die Plache so, daß sie eine große Falte macht, in der schwer und voll das Wasser auf- und niederplanscht.

Er horcht scharf, wie der Much schnauft und keucht, wie er zeitweise zornig aufhustet und über den Weg spuckt.

Beim oberen Bildstöckl bleibt der Much stehen, schiebt die Kraxen auf einen Felsvorsprung hin und rastet.

„Stabelerbue, bin i dir schun z'schwaar?" fragt der Niggele schnell.

„Ganz und gar nit!" brummt der Much, „lei rasten!"

Der Alte lugt unter der Plachen hervor. Er sieht wie der Much schwitzt und schnauft, wie er sich das Kreuz reibt und die Schultern, weil die Tragriemen einschneiden.

„I kann dir gar nit sagen, wia schian dös ischt", hebt der Niggele scheinheilig zu erzählen an, „da hockt man auf seiner Kraxen und kimmt schian stad in die Höh, ohne daß man si plagt. Man stößt an koa Stoandl nit, es druckt oan koa Schueh, es geaht alles so lind und leicht. Der Buckel tuet nit weh. Das Kreuz sticht nit. Man kimmt nit ins Schwitzen und das Gmüet ischt so vogelleicht, daß man grad allweil singen möcht, so: Hodldi, dudldi, jöi . . ."

„Hör auf dös!" schimpft der Much und biegt langsam sein Kreuz gerade.

„Singen kann i, wia i will!" schreit der Niggele, „da ischt nix dagegen gsagt worden: Hodldi, dudldi, jöi . . ."

„Gockel damischer!" knurrt der Much, schlupft wieder in die Kraxen und schüttelt den Alten, daß das Wasser

Wie sie zur unteren Bödenalm kommen und der Much wieder und immer wieder absetzen und rasten muß, läuft die Sendin daher, den Überkittl über den Kopf geschlagen.

„Niggele", schreit sie zum Kraxentrager hin, „i hätt . . ."

Da schreckt sie zusammen. „A fremds Mannsbild . . . ja, wia ischt hiez dös? Der Niggele bal . . ."

„Da bin i, Vroni!" schreit er unter der Plachen, „was ischt?"

„Ja, um Gottschristiwillen, Niggele, was ischt denn gschechn? Hascht dir epper den Hax abgschlagen? Hockt dös Mannsbild auf seiner eigenen Kraxen oben und . . .“

„Und was ischt nacher, Vroni?“

„Ja, dös hat bei söllene Umständ nit viel Sinn. Sünst, bal du selber unter der Kraxen gwesen waarst, wia allweil, hätt i di recht schian bitt, daß du der Kastlungerin den Butter mitnimmst, den i gestern auf die Nacht g'rührt hab. Aber so, wia es heut ischt . . .“

„Vroni, siechst woll, daß dös heut nit geaht. Mueßt morgen kemmen. Der Butter werd epper woll daweil nit schlecht werden. Aber, dös kennst woll selber, daß der Trager schun mehr hin ischt als lebendig. Bal du hiez no mitm Buttern kimmst, wird er no ganz kaputt, der arme Häuter!“

„Her mit dem Dreckbutter!“ schreit der Much.

„Es sein aber guet fünf Kilo!“ meint die Sendin.

„Auf dös geahts nit z'samm!“

„Nacher sag i halt tausendmal Gottvergelt's, Trager, und dir, Niggele, a guete Reis'!“

Wieder schlupft der Much in die Kraxen und schleppt seine Last weiter. Der Niggele hört ihn ächzen und stöhnen und hebt an, ihn zu trösten: „Mueßt lei an ünsern gueten Herrn denken, Stabelerbüeble, der hat gar dös schwaare Kreuz tragen müessn. So ischt dös dein Kreuzweg heut und du mueßt alle vierzehn Stationen machen, daß du deine Sünden anbringst, die leichten z'erscht, nacher die schwaaren!“

„Die Sünden sein alle schun ausgschwitzt“, sagt der Much, „aber oben nacher, auf der Hütte kimmt an frische Todsünd dazue, bal i dir dös Gnack umdrah, du Spitzbue, du falscher . . ."

„Dertuest es leicht nimmer?" fragt der Niggele.

„Woll", sagt der Much und greift fester aus.

Dem Niggele ist gar nicht mehr recht wohl. Er singt nimmer und pfeift nichts mehr. Immer wieder spitzt er unter der Plachen hervor, ob nicht bald die obere Bödenalm kommt.

Gott sei Dank, und da steht schon die alte, törrische Zenz mit dem schweren Milchsechter.

„Niggele, die Milch für die Hütten!" sagt sie.

„I bin nit der Niggele", sagt der Much, „und dein Milchsechter geaht mi nix an!"

„Hö, hö, lei nit gar so scharf!" schreit die Zenz, „wia ischt denn dös nacher heut?"

Da schlägt der Niggele die Plachen zurück.

„Da ischt die Milch!" schreit die Zenz und reicht ihm den Milchsechter hinauf.

„Woaßt, Trager", sagt die Zenz, „dös kann dir ganz gleich sein. Du brauchst ja den Sechter nit tragen, den tragt ja der Niggele . . ."

„Du, Trampel, siechst nit, daß i den Niggele mitsamt'n Sechter tragen mueß, ha?"

Mit einem Ruck reißt der Much die Kraxen auf, und buckelt mühsam seine Last weiter den Weg bergauf.

Der Niggele hockt kasbleich auf der Kraxen und horcht ängstlich auf jeden Schnaufer und jeden Schritt. Wie er unter dem Plachenzipf hervorschaut, sieht er oben auf dem Riedel schon die Zinnenhütte stehen, und der Much steigt weiter, mühsam, aber ganz sicher.

Da hebt der Niggele zu rechnen an, die Milch, den Butter, den Zuckerhut, er selber... alles... die ganze Kraxen voll, zwölf Kreuzer das Kilo... und der Angstschweiß steht ihm auf der Stirn.

Er tut die Steine aus den Taschen und wirft sie heimlich auf den Weg.

Da bleibt der Much stehen, setzt ab, holt die Steine wieder und lacht: „Niggele, da hascht eppes verloren! Du mueßt die Stoaner ja der Kastlungerin bringen!"

„Gott vergelt's... aber... i moan, mier lassen es hiez. Du bischt ja schun ganz hin, Stabelerbue. Es ischt ja a Frevel, an Menschen so zsammschinten wegen nix, bloß aus lauter Übermut..."

Und schon macht der Niggele die Gurten auf und springt von der Kraxen.

Aber der Much erwischt ihn beim Rockzipf und bindet ihn wieder fest.

Da lachen die Bergführer und die Herren, die oben unter dem Vordach der Hütte beisammenstehen.

Der Much buckelt seine Last die letzten Wegkehren hinauf und läßt den Niggele hintoben schreien und jammern.

Wie der Much oben ist, fassen die Bergführer den Alten und hängen ihn auf die Kalblwaag von der Kastlungerin. Dann wägen sie die Kraxen aus, Milch, Butter, Zucker und alles. Dann hebt der Girgl auf der Hauswand zu multiplizieren an, daß dem Niggele schwarz wird vor den Augen.

Der Much kommt, rechnet nach und sagt: „Dös wird alles versoffen!"

Die Kastlungerin sticht den Terlaner an und die ganze Hütten läßt den Much hochleben. Nur der Niggele spuckt Gift und Gall und sauft vor lauter Neid die Buttl völlig selber aus. — — —

Wie er aber am andern Morgen wieder nüchtern wird, strahlt draußen schon der schönste Tag, Führer und Herren, alles ist ausgeflogen. Da wankt der Niggele hinaus in die Kuchl. Es ist die schwerste Stunde in seinem Leben.

„Oh, i Stoanesel, i hirndeppeter", sagt er zu sich selber, „wie kann i mi auf so a Spiel einlassen? Hiez ischt alles hin! Und dem Kirlnaz mueß i extra no an Sechser zahlen und oan der untern und oan der obern Sendin."

Er hält sich am Türrahmen fest. Dann stöhnt er: „Kastlungerin zahln!"

Die Wirtin schaut gar nicht von ihrer Knödlarbeit auf. „Was denn zahln?" fragt sie kurz.

„Die ganzen Räusch von gestern ... und meinigen ah!"

„Ischt alles schun zahlt und hiez schaug, daß du bald dös Sach auerbringst, Fleisch, Mehl, Speck, a Flaschl Salatöl, alles, der Zettel ischt auf der Kraxen!"

Da wird dem Niggele so leicht zu Mut und wie er dort, schön in der Reihe, die sieben Steine sieht, die er heraufgetragen hat, um dem Much das Leben schwerer zu machen, spuckt er vor sich selber aus und sagt: „Pfui Teufel, Niggele! So a höllische Himmelfahrt!"

 aunold-Nordwand
advokatisch

Es klopft an der Kammertür.

„Ja!" sagt der Much.

„Sind Sie der behördlich autorisierte Bergführer Michael Stabeler?"

„Ja, dös bin i", sagt der Much und steckt den Pfeifenstierer wieder in die Wand.

„Mein Name ist Heinecke, Doktor Kurt Heinecke!"

„Mhm", sagt der Much und blinzelt durch das Pfeifenröhrl.

„Ich habe die Absicht, Sie im Sinne der Bergführerordnung vom 1. Januar 1893 aufzufordern, mir bei einer später noch zu vereinbarenden alpinen Hochtour Dienst zu leisten, vorausgesetzt, daß Ihnen nicht nach Paragraph 6 Absatz 2 der vorzitierten Ordnung meine physische Konstitution zu schwach erscheint, so daß Sie aus diesem Grunde Ihre Mitwirkung ablehnen müßten."

„Ha?" fragt der Much, steckt die Pfeife in den Mundwinkel und probiert, ob sie jetzt zieht.

„Ich meine, ob Sie begründete Bedenken hinsichtlich meiner physischen Konstitution vorzubringen haben."

„Ischt dös was Arges, Herr?"

„Arg oder nicht, Sie sind jedenfalls verpflichtet, einer Person, deren physische Konstitution Ihnen zur Vornahme einer alpinen Hochtour untauglich erscheint, Ihre Mitwirkung zu versagen."

„I hab no nie an Herrn g'führt, dem so was g'fahlt hat."

„Wenn ich Sie recht verstehe, halten Sie mich also für fähig, mit Ihnen eine später noch zu vereinbarende Tour auszuführen?"

Er beginnt an dem endslangen Ebenbild Gottes auf- und niederzuschauen, das die Kammer vom Boden bis zur Decke so ausfüllt, daß er keinen Anfang und kein Ende findet. Hinter zwei spiegelnden Brillenfenstern stehen harte, scharfe Augen. Ein langer, dünner Hals mit einem stark vortretenden Adamsapfel ist im unteren Teil von einem, steifen, weißen Kragen abgeschlossen, an den sich ein grüner Sportanzug mit Doppelgürtel anschließt. Dieser leitet zu Wadenstutzen über, die gleichfalls grün, jedoch völlig ohne Waden sind und in dünnen, gelben Schnürschuhen stecken. An diesen bleiben die Augen des Bergführers hängen.

„Dö Schuecherl sein nit viel wert, Herr", sagt der Much.

Der Herr schaut an sich hinunter in die Tiefe. „Ich verstehe", sagt er. „Sie wollen Ihre Pflicht nach Paragraph 7 Absatz 3 erfüllen und mich vor Abschluß der rechtsgültigen Vereinbarung auf die mindere Eignung gewisser von mir getragener Kleidungsstücke beziehungsweise Ausrüstungsgegenstände aufmerksam machen."

„Ja, Herr, der Angelus Gufler nebenan, der macht ganz extra guete Nagelschueh, den kann i rechtschaffen empfehlen, Herr!"

„Darüber wird noch später zu sprechen sein. Es handelt sich zunächst darum, festzustellen, welchen Eindruck Sie von meiner physischen Konstitution haben."

„Ich siech da ganz und gar nix. Mir macht der Herr an ganz gueten Eindruck. Wia länger der Herr ischt, wia leichter findt er an Griff. Wo a Kloaner langmächtig umadumtappt und nix findt, greift a Langer drüber aus und hat schun, was er braucht."

„Ich stelle also fest, daß Sie keine Bedenken hinsichtlich meiner Eignung für die zu vereinbarende Hochtour vorzubringen haben."

„Na, ganz und gar nix!"

„Ich frage Sie nun, ob Sie bereit sind, mich auf der noch näher zu bestimmenden Tour zu begleiten, mich auf die notwendigen Vorsichten aufmerksam zu machen, Verirrungen und sonstige Gefahren zu verhüten und auf die Hintanhaltung von Unglücksfällen ein besonderes Augenmerk zu richten."

„Woll, woll", sagt der Much und blinzelt an dem Herrn suchend auf und nieder. Schließlich, als habe er jetzt die Stelle gefunden, wo etwas nicht stimmt, bleibt sein Blick an der Stirne des Herrn haften.

„Gut. Ich stelle fest, daß ich Ihnen Ihre vorgeschriebenen Verpflichtungen neuerdings vorgehalten und zur

Kenntnis gebracht habe. Wir können somit von den prinzipiellen Erörterungen zur konkreten Festlegung der noch zu treffenden Vereinbarung weiterschreiten und innerhalb jener Routen, für die Sie behördlich autorisiert sind, eine sowohl Ihnen als auch mir geeignet erscheinende Tour zur Auswahl bringen."

„I sag halt, Herr, lei nit z'gach dreinspringen. Allweil schian kloan anfangen, beispielsmäßig beim Haunold."

„Wie hoch?"

„Zweitausendneunhundertsieben!"

„Nein, ich frage, wie hoch der Tarif?"

„Bal mier über die Nordwand geahn, fufzehn Gulden!"

„Gibt es da nicht eine Wand, die billiger ist?"

„Na, Herr, die Südwand kost aa soviel, aber da müessn m'r einigeahn bis ins Innerfeld und vertüen an halben Tag. Und die Ostwand hat koan Tarif nit."

„Wie meinen Sie das?"

„Dös wird lei so mitm Herrn ausghandelt!"

„Sie meinen Entlohnung nach privatem Übereinkommen der beiden vertragschließenden Parteien. Das könnte doch, theoretisch zumindest, billiger kommen als der normale Tarif."

„Na, Herr, eppes, was koan Tarif hat, ischt allweil übern Tarif. Unter fünfazwanzg Gulden führ i die Ostwand nit."

„Ja, dann bleibt noch die Westwand."

„Söll hat der Haunold koane."

„Wieso? Was hat er denn im Westen?"

„Da geaht dös lötze Gratl ummen, dös zählt nit, da kann der Herr alloan auensteigen, bal er mag, sag i."

„Kehren wir also zur Nordwand zurück. Sie sehen also keine Möglichkeit, mich für zehn Gulden über die Nordwand hinaufzuschaffen?"

„Ganz und gar nit, Herr. Wia i mi auskenn, ischt der Herr selber a Doktor der Rechte, nacha woaß er woll, daß der Führer strafbar ischt, bal er untern Tarif geaht!"

„Da weiß ich nichts!" sagt der Herr streng und kriegt dicke Falten auf der Stirne. —

Eine Weile überlegt er.

„Herr Stabeler", sagt er schließlich mit erhobener Stimme, „ich fordere Sie auf, bei meiner morgigen Besteigung der Haunold-Nordwand als Führer im Sinne der Bergführerordnung vom 1. Januar 1893 mitzuwirken. Als Entlohnung schlage ich Ihnen einen Betrag von zwölf Gulden..."

„Fufzehn."

„Ich finde, daß eine Entlohnung von zwölf Gulden völlig hinreichend erscheint, nachdem Sie selbst die durch meine vorteilhafte Körperlänge gegebenen Erleichterungen..."

„Fufzehn, Herr! Untern Tarif geah i nit!"

Wieder schiebt der Herr die Stirne in dicke Falten zusammen.

„Also in Dreiteufelsnamen denn! Fünfzehn Gulden!"

„Und überhaupt", sagt der Much, „wo die Routen no gar nit auftan ischt!"

„Was wollen Sie damit sagen?"

173

„Daß mier die erschte Partie sein dös Jahr, so daß i dem Herrn alle Stufen in die Eisrinne neu schlagen mueß und jeds Bandl abputzen, jeden Griff auswischen . . ."

„Kann das nicht ein anderer Bergführer für Sie besorgen?"

„Na, dös Geschäft mueß i tüen. Sünst, bei andere Herrn, ischt halt allmal die erschte Tour, dö die Routen auftuet, mit zwanzg Gulden zahlt worden."

„Kommt nicht in Frage!" fährt der Herr auf und beginnt mit eingezogenem Kopfe heftig in der Kammer auf- und abzugehen.

Dann pflanzt er sich vor dem Much auf und sagt feierlich: Herr Kruselburger, ich bin bereit mit Ihnen auf Grund des behördlich festgelegten Tarifsatzes von fünfzehn Gulden ein rechtsverbindliches Abkommen zu treffen, dahingehend, daß darin Ihre Mitwirkung bei meiner für morgen geplanten Besteigung der Haunold-Nordwand punktweise und im Sinne der vorzitierten Verordnung festgelegt und in Ihrem gesetzlich vorgeschriebenen Führerbuche schriftlich niedergehalten wird. Wenn Sie mit Vorstehendem einverstanden sind, antworten Sie mit: Ja!"

„Ja", sagt der Much, „in Gottsnam, halt. Aber um fufzehn Gulden die Nordwand auftüen, dös ischt nit grad nobel. Man mueß es halt nehmen, wia's kimmt!"

Der Herr rückt die Brille zurecht und setzt sich an den Tisch. Der Much legt ihm das Führerbuch vor und geht ins Nachbarhaus, zum Guflerschuster hinüber, ob er nit Tinten und Feder hat.

„Was ist denn los?" fragt der Schuster erschrocken.

„Heut hab i ganz an Gscheiten", sagt der Much, „an Doktor der Rechte, der macht die Haunold-Nordwand advokatisch."

„Dös hab i mir glei denkt, wia i'n daherkemmen hab g'söchen, daß der spinnt."

„Sünst hätt er a guete Läng, aber je höher aufi, desto gröber fahlts und ganz oben ischt er rechtschaffen über-gschnappt", sagt der Much und reibt mit dem Daumen über die Stirn, „a physische Konstitution hat er, oder wia man's hoaßt."

„Wia's halt oft geaht bei die Gstudierten: Bal's gar z'gscheit werden, nacher schnappen's über!"

„Mir wird er nit z'gscheit, der Häuter, der notige. Bal mier amol in die Felsen dreinstecken, ziach i schun die richtigen Paragraphen außer. Aber es ischt no was, Angelus. Der Herr braucht a Paar föschte Nagelschueh."

„Dös ischt brav, daß du mir ah an Brocken Verdeanst laßt."

„Was zahlst, bal i dir dö Nagelschueh zuebring?"

„Dös woaßt, daß i da nit notig bin, Much?"

„Ischt guet. Sein halt die Nagelschueh a bissele teurer, gell, Angelus!" — — —

Es ist richtig: Ein langer Herr findet leichter einen Griff. Aber es hat auch seinen Nachteil, wenn Händ und Füß gar so weit voneinander entfernt sind.

Sagt der Much dem Herrn oben an, wo er mit seinen Fingern hingreifen soll, dann vergißt er vor Aufregung ganz, daß er weiter unten noch zwei Füß hat. Und stellt er ihm unter die Füß einen nach dem andern in die schönsten, breitesten Tritte hinein, dann läßt er oben mit den Händen aus und greift hinunter zu den Füßen.

Und dazu scheint die schönste Sonne in die Wand, daß der Schnee auf den Bändern zu rennen und zu rutschen anhebt. Über die ganzen Routen rinnt es und tropft es und im Kamin planscht ein richtiger Wasserfall.

„Weiter links, auf dös söll Felszackele hin, mitm Fueß, nit mit der Hand ... links! Ja, bal der Herr nimmer links und rechts voneinanderkennt, Hölltuiflsakra, mitm andern Fueß sag i, lei föscht hintreten, der Fueß haltet dös schun aus, hintreten, sag i ... hintreten! Händ wöck! Den Fueß auer, ja kreuzvernagelter Dolm damischer ..."

Der Much ist schon heiser geschrien und noch immer hängt der Herr im halben Kamin und schlägt her und hin, wie ein nasser Fetzen. Eine Weile lang werkt der Much noch an dem Herrn herum. Der helle Schweiß steht ihm auf der Stirne. Dann gibt er es auf. Er steigt ein Stück voraus, wirft das Seil über einen Felszacken und schreit: „Hiez koane Griff und koane Tritt mehr suechen, lei alles hängen lassen und achthaben, daß koa Gwand nit z'reißt!"

Dann spuckt er in die Hände und zieht den Herrn über den Kamin auf.

Wie er ihn heroben hat, packt er ihn und legt ihn der Läng nach auf das breite Band.

Der Much schnauft, der Herr schnauft, von allen Seiten tropft das Wasser. Sonst ist es still.

Der Herr findet zuerst seine Sprache wieder.

„Herr Kruselburger", sagt er und schnappt nach Luft, „ich stelle fest... Sie haben mich Mondkalb, ja wörtlich, Mondkalb genannt. Dazu sind Sie nicht berechtigt... Was Dolm heißt, weiß ich nicht. Aber ich sehe mich gezungen... Sie aufmerksam zu machen, daß Sie sich gegen den Reisenden... nach Paragraph 7 Absatz 1 stets anständig, höflich und zuvorkommend zu benehmen und ihm jede tunliche Beihilfe zu leisten haben... Ferners haben Sie alles zur Hintanhaltung von Unglücksfällen..."

„Hintanhaltung!" schreit der Much, „bal oaner si so saudumm anstellt und net amol selber woaß, wia so a Hintanhaltung geaht und si mit die Füeß hintanhaltet statt mit die Händ, so a Dolm, a damischer..."

„Lassen wir das!" unterbricht ihn der Herr und richtet sich langsam auf. Er schaut über den Kamin hinunter. Dann blickt er über die Wand empor.

„Übrigens", sagt er und zupft seinen weißen Kragen zurecht, der durch die Nässe aufgeweicht ist, „ich habe Ihnen eine Erklärung abzugeben!"

Der Much nimmt das waschnasse Seil auf, legt die Schlingen zurecht und achtet gar nicht auf den Herrn.

„Ich habe Ihnen zu erklären, daß ich auf Grund der obwaltenden Umstände von einer Fortsetzung der vereinbarten Tour Abstand zu nehmen gedenke!" —

„Dös nutzt dem Herrn gar nix, weil i nit mag. Schaugt der Herr lei eini in mei Büechl. Die begonnene Tour ist, ein gegenteiliges Übereinkommen ausgenommen, vollends durchzuführen! Dös hat der Herr selber geschrieben. Auf dös besteah i."

„Ich mache Sie auf den Absatz 3 des Paragraphen 7 aufmerksam, nach dem beim Eintreten besonderer Umstände eine Tour abzubrechen ist."

· „Guet, was sein denn nacher für bsundere Umständ eingetreten, Herr? Schlechte Witterung? Bal di schianste Sunn scheint! Ungünstige Schneeverhältnisse? Bal der Schnee eh von selber davonrennt! Mangelhafte Ausrüstung? Bal der Herr dem Angelus Gufler die böschten Nagelschuech abkaaft hat! Mindere Eignung des Touristen? Dös ischt ganz und gar nit der Fall. Der Herr tuet lei no a bissele dumm und bringt die Händ und Füeß durchanand...!"

Aber der Herr schüttelt heftig den Kopf.

„Herr Stabeler", sagt er mit weicher Stimme, „ich sehe mich gezwungen, Ihnen nochmals zu erklären ... ich muß Sie bitten..."

„Bal mi der Herr bittet, ischt es eppes anders", sagt der Much streng, „da kann i die Tour abbrechen. Aber erschtens..."

„Erstens?"

„Erschtens mueß mir der Herr dös schriftlich geben."

„Richtig!"

„Und zweitens mueß natürlich die ganze Tour zahlt werden."

„Möglich."

„Dös hat der Herr alles selber so aufgesetzt, da könnt i gar nit anders tuen, nit wann i wollt... und drittens..."

„Noch etwas?"

„Ja, no eppes. Bal i hiez die Tour aufgib, ischt die

Routen nit auftan. Aber der nächste Herr, den i über die Wand führ, zahlt mir do die fünf Gulden nit, weil jeder Mensch woaß, daß mier heut über die Wand sein und die Routen auftan ischt."

Der Herr schiebt die Brille zurück und schaut nochmals über die Wand empor.

„Ich mache Ihnen einen Vermittlungsvorschlag, Herr Kruselburger. Ich bleibe hier und warte hier auf Sie und Sie tun inzwischen doch noch das fehlende Stück auf."

„Dös kunnt i ganz und gar nit verantworten, weil der Führer sein Herrn nie nit verlassen därf."

Da reißt der Herr wieder an seinem Kragen und macht einen tiefen Seufzer.

„Also, gut denn", sagt er, „wir haben hier mehr als die Hälfte der Route hinter uns, nicht wahr?"

„Nit ganz!"

„Ich bezahle also für den noch nicht eröffneten Teil zwei Gulden . . ."

„Fufzig Kreuzer."

„Auch das noch, also zwei Gulden fünfzig Kreuzer. Aber das erkläre ich Ihnen, über diesen . . . diesen Schornstein da, geh ich auf keinen Fall hinunter. Ich verlange . . ."

„Was epper?"

„Es muß doch noch andere Möglichkeiten geben, von hier hinunterzukommen. So ein Band, wie dieses hier wirkt viel sympathischer als der nasse Schornstein. Es müßte sich doch ein Abstieg mit solchen Bändern finden lassen!"

„Dös Kamindl tuet üns gar nix, Herr. Und dös Wasserfallele, dös drein niederschießt, ischt àa zum Aushalten. Die Sunn trücknet üns nacher wieder, bal mier a bissele naß werden!"

„Ausgeschlossen!" sagt der Herr. „Dieses Band hier muß doch irgendwo hinführen!"

„Woll, dös schun! Das Band da führt ummen in die Ostwand!"

„Und dann drüben hinunter, famos!"

„Na, dös geaht nit!"

„Wieso?"

„Weil mi der Herr für die Nordwand aufgnummen hat. Also därf i mei Routen nit verlassen. Dös hat der Herr selber alles aufgeschrieben. Dös gilt!"

Der Herr verlangt das Führerbuch und blättert eine Weile darin herum.

Der Much legt die Seilschlingen zusammen und wirft sie über die Achsel. Dann stopft er sich eine Pfeifen Tabak.

„Sehr einfach!" sagt der Herr, „ich streiche: Abstieg Nordwand! aus und schreibe: Nach gegenseitigem Übereinkommen Abstieg Ostwand!"

„Dös kann der Herr schon tüen, aber . . ."

„Aber?"

„Aber z'erscht müessn m'r halt wirklich gegenseitig übereinkemmen, Herr, weil die Ostwand koan Tarif hat. Also geaht sie auf mündliche Vereinbarung. Unter fünfazwanzg führ i sie nit. Da will i gar nix sagen, was dös hoaßt, so a Wand im Abstieg auftüen! Dös kunnt der Herr epper gar nit derzahln!"

Der Herr schaut noch einmal hinunter, wo der schwarze Schlund des Kamins heraufdroht. Er hört die Wasser in die Tiefe rauschen.

„Fordern Sie!" sagt er mit zitternder Stimme.

„Zehn Gulden, dös ischt durchaus nit z'viel. Dös ischt sozusagen a Freundschaftspreis, Herr, guet und genau g'rechnet, wia alles, was mier mitnander g'habt ham!"

Der Herr hat keine Stimme mehr. Er nickt bloß mit dem Kopf und richtet sich zum Gehen.

„Halt!" sagt der Much, „z'ersdt wird zahlt, also fufzehn Gulden, dös Normale, drei fürs Auftüen..."

„Zwei fünfzig", sagt der Herr.

„Ischt wahr, zwoa fufzig, ham m'r g'sagt, i hätt's schier nimmer g'wißt, sein siebzehn fufzig. Und nacher, bal der Herr zahlt hat, tüen m'r alles rechtschaffen ins Büechl schreiben, akrat nach der Vorschrift, mit die Paragraphen dazue. Der Herr versteaht dös eh soviel guet!"

Der Much zählt die Guldenzettel und sagt:

„So hiez schreibn mier alles auf und am Schluß no dazue: Abmachung getroffen auf Grund der Bergführerordnung vom 1. Januar 1893."

delweiß für das Kammerfenster

Was war das für eine gute Zeit, als es für den Much auf der Welt bloß Mannsleut gab und das einzige irdische Weibsbild, die schwarze Mari, ihm bloß soviel galt, daß man sie dem Kaßlatterer Girgl nicht gönnen durfte und es ein Spaß war, sie ihm auszuspannen.

Vom Einspannen war keine Red.

Wie ist das alles anders jetzt!

Mitten in der Nacht hebt es beim Much zu graben und zu wurln an. Es hebt ihn aus dem Bett, es jagt ihn auf, es treibt ihn fort, die Gassen hinauf, hinter dem Schmiedstadel vorbei, hinauf auf den Holzhaufen vom Amlacher, der unter dem Wandbirnbaum steht und er hat nicht Rast und nicht Ruh, bis er nicht zwei Finger ins Maul steckt und pfeift und fragt:

„Mali?"

Er steht auf dem Scheiterstoß bei Sturm und Regen und schaut zu dem Wandbirnbaum empor, der oben um das Kammerfenster wächst.

„Mali, hö?"

So steht er, bis oben das Fenster kaum eine Handbreit aufgeht und eine Stimme sagt: „Geahst nit bald hoam, du schiecher Lotter!" — — —

Dann wacht der Much auf. Er hupft von seinem Scheiterstoß, schiebt seinen Lodenhut tiefer in die Stirn und — geht wieder heimzu.

Versteht sich, daß so etwas für einen Bergführer nicht der beste Zustand ist. Er soll oben in den Felsen seine Gedanken sauber beisammenhalten und auch unten im Dorf soll er Ruh und Frieden haben und bei der Nacht einen gesunden, festen Schlaf.

So hebt denn für den Stabeler Much ein kritischer Sommer an, da er tagsüber in den Felsen des Haunold Dienst macht und nachts unten auf seinem Scheiterstoß. Aber nicht immer geht beides so schön zusammen.

Oft reißt es den Much hin und her, daß er schließlich nicht mehr weiß, wo ihm der Kopf steht, wie beispielsweise in der Schuster-Westwand mit dem jungen Breslauer Doktor Gotthold Lachnit.

Ehe der Much einen Herrn auf den Schuster führt, probiert er ihn dreifach aus: Zuerst auf der Haunold-Ostwand, ob er gut und sicher im Fels steigen kann. Dann in der Kleinen Zinne, ob er völlig schwindelfrei ist und schließlich auf dem Elferspitz über die Gletscherrinne, wie er sich anstellt, wenn er auf das Eis kommt.

Nachdem der junge Doktor die zwei ersten Prüfungen mit Erfolg bestanden hat und auch bei der dritten grad nicht durchgefallen ist, knüpft ihn der Much an einem schönen Augustmorgen an das Seil und faßt mit ihm die Schuster-Westwand an.

Es ist ein wunderbarer Morgen, ein richtiges Gottesgeschenk nach diesen Tagen voll Regen und Unwetter. Das Land ist frisch gewaschen, ordentlich und sauber; denn mit dem Wasser hat der Himmel nicht gespart. Klar und rein steht rings der Kranz der Berge. Die Drei Zinnen bauen sich auf, größer, schöner als sonst. Dahinter in dem wilden Getürm der Cadinen brauen noch die letzten Nebel. Über allem aber steht weit draußen der Antelao und trägt auf seiner kühnen Eisschulter den Himmel selber.

Der junge Doktor, der, wie der Much wohl versteht, nicht einer von der Schrift oder von der Medizin ist, sondern einer von der Philosophie, behauptet, daß es heute wahrhaft eine Lust sei, zu leben.

„Ja, dös schun, Herr Doktor", sagt der Much, „aber lei koan Griff nit auslassen, viellauter Umadumschaugn, sünst is' nimmer lustig leben!"

Aber auch der Much ist heute ein anderer, im besten Gleichgewicht, wie in den vergangenen Zeiten, und denkt nichts anderes als seinen Weg über die Wand und die zwanzig Gulden, die sie trägt. Der kalte Felsen macht ihn warm. Das junge, blonde Dokterl steigt recht brav und es geht alles sauber und flink weiter. Immer tiefer fällt das Tal hinunter. Das Dorf draußen rückt ganz eng zusammen und verschließt sich immer mehr, mit seiner Kirche, seinen Häusern und allem, was dazugehört, bis es am Ende völlig verschwunden ist.

Beim untern Band kriegen sie die erste Morgensonne.

Da bleibt der Doktor eine Weile stehen, breitet die Arme weit auseinander, tut die Augen zu und hebt an, Verse herzusagen. Aber es dauert nicht lang und der Much hißt ihn durch den Kamin hinauf zum zweiten Band.

So geht alles in bester Ordnung weiter. Die Gipfeltürme tauchen auf. Aber sie trügen; denn noch wartet die Eisschlucht und der rote Zacken. Es ist erst kaum der halbe Weg.

Eben hockt der Much, fest verspreizt, auf der Blockbrucken und sichert seinen Herrn, der über den Riß hinaufschlieft. Wie er, Ruck um Ruck das Seil einzieht, geht sein Blick so langsam über die Felsen hin, die sich rundum jäh emportürmen. Da sieht er ganz draußen an der offenen Kante der Wand auf schmalem Platz Edelweiß stehen, ein ganzes Büschel. Die großen, hellen Sterne heben sich frei vom Himmel ab, der tief hinter ihnen leuchtet. Eine wahre Pracht, solche Sterne!

Da fällt dem Much ein, daß der Herr morgen einen Rasttag macht und daß die Nacht frei ist. Und jetzt hebt es zu graben und zu wurzeln an inwendig. Das Herz hupft und die Edelweiß locken ganz sakrisch.

„A bißl verschnaufen, Herr Doktor", sagt er und setzt seinen Herrn auf die Blockbrucken hin. Dabei schaut er hinaus in die freie Wand. „Leicht geahts nit", denkt er, „aber gar so schwaar ah nit!"

„Herr Doktor", sagt er, „da ischt Brot und Wurst, und da a bißl a Kas. Wird guet sein, bal der Herr Doktor hiez jausnen tuet. Mier ham erscht den halben Weg. Und i geah daweil a bißl auf die Seiten."

„Bitte", sagt der Herr Doktor, „tun Sie, was Sie müssen!"

Der Much bindet seinen Herrn fest an die Blockbrucken an. Dann schlupft er aus dem Seil und klettert hinaus in die freie Wand.

„Da draußen?" fragt der Herr erschrocken.

Der Much findet bloß magere Griffe. Sie sind alle verkehrt, so daß die Finger immer wieder daran abgleiten. Er preßt sich hart an den Felsen und schiebt sich langsam empor. Es ist schlecht zu stehen, auf den nassen, abschüssigen Stellen. Schwarz starrt der Abgrund herauf.

Aber wie er wieder den Kopf hebt, leuchten die Sterne heller und größer, als zuvor, ganz nahe über ihm. Er krallt die Finger in die schmalen Ritzen und drückt die Knie gegen den glatten Fels. Tastend streckt er die freie Hand aus und sucht einen Halt, vergebens! Wieder greift er den glatten Fels ab, wieder, da endlich findet er eine enge Fuge und zieht sich auf. Er gewinnt eine kleine Leiste, auf der er stehen kann, um zu verschnaufen.

Langsam richtet er sich auf. So nahe stehen die Edelweiß, daß er ihre kleinen gelben Sonnen sieht, die mitten in den weißen, wolligen Sternen stehen. Aber eine Felswand ist noch dazwischen, völlig glatt, schwarz vom Wasser überronnen.

Er faßt den Griff fester und spreizt über das Felsstück hinüber. Aber nirgends findet er drüben einen Halt. Da versucht er, höher oben, die glatte, nasse Stelle zu überlisten. Er kriecht eine schmale Rinne empor, preßt sich hart an den Felsen und schiebt sich schnell über die schwarze Wand hinaus. Da findet er einen Tritt. Es ist der Platz, auf dem das Edelweißbüschel steht. Etliche Sterne muß er niedertreten. Aber dann schlieft er herüber, beugt sich tiefer herab und brockt die andern. Sieben große Sterne.

Er nimmt ihre Stengel zwischen die Zähne und faßt wieder den Felsen. Über die schwarze Wand will er hinüberspreizen. Aber, was ihm abwärts gelang, kann er aufwärts nicht mehr erzwingen. Dreimal setzt er den Spreizschritt an, aber jedesmal ist es vergeblich. So steht er auf dem schmalen Platz, der nicht groß genug ist, um beide Füße nebeneinander hinzustellen, und verschnauft.

Eine Weile überlegt er und prüft die Felsen rundum. Glatte, grifflose Wandstürze! Da ist kein anderer Weg zurück als über die schwarze, wasserüberronnene Stelle.

Wieder schiebt er sich vor und spreizt aus, so weit er kann — fast kippt er schon hinüber — aber drüben ist nichts, kein Stand, der glatte, senkrechte Fels hinunter in die Tiefe. Da schwingt er sich zurück. Er stellt sich wieder auf sein schmales Sims und wartet. Wartet, bis er ganz ruhig ist. Dann schaut er noch einmal die Wände ab, die rings um seinen Platz niederstürzen, genau jede Handbreit. Und, als würde er dem, was er mit seinen Augen sieht, nicht trauen, greift er mit den Händen nach allen Seiten über den Fels, tastet sorgsam alles, so weit er reichen kann, ab.

Aber er findet keine Ritze, nicht den kleinsten Halt. Also bleibt wieder bloß die schwarze, nasse Stelle. Doch er weiß, wenn er den Schritt tut, fällt er aus der Wand.

„Das Seil!" denkt er und schaut hinüber zu seinem Herrn. Der sitzt ruhig und voller Geduld, brav an die Blockbrucken gebunden. Käs und Wurst hat er nicht angerührt, aber das blaue Buch hält er in den Händen, fuchtelt damit in der Luft herum und sagt wieder seine Verse auf.

„Wenn er über den Turm aufsteigt", denkt der Much, wenn er mir von oben her das Seil zuschmeißt und mi sichert . . ."

„Herr Doktor!" will er sagen.

Aber er sagt nichts.

Es macht ihn ruhig, daß sein Herr so wohlgeborgen ist. Vom Block kann er nicht weg. Proviant ist dort. Im Rucksack ist warmes Zeug. „Dem Herrn kann nix fahln", denkt der Much, „dös ischt allmal die Hauptsach."

Das Stehen auf dem schmalen Platz wird mühsam. Er versucht ein Knie aufzuziehen und mit dem Bein zu wechseln. Aber der Krampf in den Muskeln wird immer ärger. Die Knie heben zu zittern an.

Nur um Bewegung zu machen, schiebt er sich wieder auf und spreizt in die nasse Wand hinaus. Aber er weiß es schon vorher, wie es endet.

Wieder sind die anderen Gedanken da: „Der Herr ischt koa schlechter Steiger. Schwindelfrei ischt er aa. Und i kann ihm ja, Tritt für Tritt sagen, wia er tüen mueß . . . Jedes Griffele kann i ihm ansagen . . . auen bis aufm Turm. Es ischt ja nit weit . . . und nacher guet sichern . . . dös begreift jedes kloane Kind, dös ischt ganz was einfachs . . . und nacher dös Seil ober über die Wand

... es langt ja leicht, dreißig Meter ... es mueß langen ..."

Das ist dem Much alles völlig klar. Aber — wie er dem Herrn rufen soll ... da ...

Da sagt er wieder nichts.

Nach einer Weile wird dem Herrn das Sitzen zu spitzig und zu hart. Er tut die Brillen ab und legt sie weg. Dann schaut er nach dem Bergführer aus.

Wie er ihn drüben auf dem schmalen Sims stehen sieht, schüttelt er den Kopf.

„Muß das sein?" fragt er.

„Na!" sagt der Much.

Wieder schüttelt der Herr den Kopf.

„Müssen Sie dort stehen?" fragt er.

„Müessn nit", sagt der Much und denkt: „Dolm, damischer ...!"

„Wenn Sie nicht müssen, warum stehen Sie?"

Drauf sagt der Much nichts mehr.

„Soll ich etwas tun?" fragt der Herr später.

„Na, Herr Doktor. Ganz und gar nit. Lei schian stad hucken bleiben. Und a bißl Kas essen und Brot ... aber sparen damit ..."

Der Herr setzt die Brillen auf. Dann blättert er in seinem Buch und fängt wieder laut zu deklamieren an.

Eine Dohle streicht vom Gipfel her und gleitet lautlos ohne Flügelschlag durch die Luft. Eine Weile lang schwebt sie über den Abgrund. Der Wind streicht durch ihre Federn, daß sie zittern, ganz leicht. Dann schlägt sie die Flügel zusammen und schießt wie ein Stein hinunter ins Bodenlose ...

Es vergeht eine lange Zeit. Dann hält der Herr abermals nach dem Führer Ausschau.

„Sie stehn ja noch immer da drüben?"

„Ja, Herr . . . weil . . . I kimm ja nimmer z'ruck, söchen's woll . . ."

„Ach, nicht möglich? Sie sind doch autorisierter Führer . . ."

Der Herr tut wieder die Brillen ab und schaut teilnahmsvoll zum Much herüber: „Kann ich etwas tun für Sie?"

„Na!"

Der Herr schweigt und wartet . . .

Wieder vergeht eine lange Zeit. Der Much spürt, wie der Krampf ärger wird. Die Knie schlagen, er kann es nicht mehr erwehren.

„Herr", sagt er, „tüet auf die Uhr schaugn . . . wie lang . . . wie lang i schun da steah . . ."

„Lange, gewiß drei Viertelstunden . . ."

„Dös ischt . . . ja no nit . . . gar so lang!"

„Ja, wie lange kann das noch dauern?"

„Dös kann i ganz und gar nit sagen, Herr. Dös kimmt drauf an . . . es kann vielleicht gar nimmer lang dauern . . ."

„Ja, und? Können Sie denn nicht . . ."

„Tuet der Herr in mein Rucksack greifen, hinten in der linken Taschen. Da ischt dös Signalpfeifl . . . Ja, ham Sie's, Herr? . . . So! Hiez, tuet der Herr auf die Uhr schaugn . . . alle zehn Sekunden an föschten Pfiff . . . söchsmal . . . nacher a Minuten aussetzen . . . und nacher wieder!"

Schrill gellt das Notsignal in den Wänden.

Der Much krampft die Finger ineinander...

„Ischt guet, Herr", sagt er nach einer Weile. „I sag Vergelt's Gott... hiez tüen mir a bißl aussetzen... und loosen..."

Hohl heult der Wind in den Wänden.

„Drei Pfiff in der Minuten... das wär die Antwort...", denkt der Much.

Wieder vergeht eine lange Zeit. Es bleibt still.

Der Herr will aufstehen. „Führer", sagt er, „wie ist Ihnen? Ich könnte doch eigentlich..."

„Herr", sagt der Much, „tüen's mir lei koan Verdruß nit machen... lei brav hocken bleiben... und a bißl was essen. Wein ischt aa in der Flaschen. Und in der Nacht..."

„Nacht?" fährt der Herr erschrocken auf.

„...in der Nacht, dös warme Zeug anziehen, dös im Rucksack ischt... mit mein Mantel zuedecken... der gibt warm... und nacher... Liachtsignal, Herr. ...Die Kerzen ischt hinten drein..."

Der Herr wird totenblaß. „Ich kann doch helfen", stammelte er, „es ist doch... das Seil..."

„Nit, Herr! Bal der Führer wider Brauch und Recht das Seil verlaßt, mueß er dös selber verantworten!... Er selber... nit der Herr... dös hat... mei Vater selig...! Grad so hat er gsagt. Dös ischt sein Wort... und was vom Vater selig g'redt ischt, dös gilt... und hiez... hiez tuet der Herr epper wieder pfeifen..."

Der Wind stößt vom Gipfel her, heult hohl in den Schluchten, faßt das Signal und verschlägt es.

Irgendwo kracht Steinschlag nieder. Es poltern die Trümmer, splittern gellend über die Felsen und rollen tief unten im Kar ...

Keine Antwort.

Der Much hebt schwer, stoßweis zu beten an.

Dann schaut er auf 'die sieben Sterne nieder, die er in den verkrampften Fingern hält: „So a schians Edelweiß ... heilige Muetter Gottes ... so schian ...“

Da ...

Es sind Stimmen da. Der Herr ruft.

Langsam schiebt sich der Schluiferer aus dem Riß. Er sieht den Herrn allein, auf die Blockbrucken gebunden, sucht den Führer ...

„Much?“

Draußen in der freien Wand sieht er ihn, sieht, daß es höchste Zeit ist — — —

Der Schluiferer bettet darnach den Much oben beim Turm in die kleine, sonnige Mulde hin und schiebt ihm seinen Rock als Polster unter den Kopf.

„Sauf lei föscht, Much“, sagt er und drückt ihm die Flasche an den Mund, „der Schnaps treibt dir die Lebensgeister wieder ein!“

Der Much schaut eine Weile den Schluiferer an. „Gott vergelt's“, sagt er, „es ischt schun ... schun wieder guet. Aber bal der Herr dös bei der Sektion meld't ... nacher ... nacher ischt mei Führerbuech hin ...“

„Den Herrn laß lei mir über. Hiez schaug, daß du selber wieder a Leben kriegst. Du naggelst ja no allweil wia a nasser Hund. Kasbloach bischt. Hiez sauf amol gscheit, wia si's g'hört, nacher ...“

„Nacher schreibt er es epper in die Deutsche Alpenzeitung und die Herrn von der Sektion lesen, was er geschrieben hat."

Da lacht der Schluiferer hellauf: „Bal es in der Alpenzeitung steaht, nacher glaabt's schun z'erscht koa Mensch nit. Nacher ischt es halt a Roman, schian und spannend woll, aber derstunken und derlogen!"

Er schaut auf dèn Much nieder, wie er schwer und unruhig atmend in der Sonne liegt, die Finger fest um seinen Edelweißbuschen geschlossen. Dann schmunzelt er: „Und a Liebesroman ah no dazue . . ."

Der Much schüttelt bloß den Kopf ein wenig. „Wo ischt denn der Herr?" fragt er.

„Hörst ihn nit, was er für a schiane Red haltet? A blaues Büchele hat er in Händen und schreit die Felsbrocken und die Stoantrümmer an mit seiner krautwalschen Sprach."

„Nacher ischt es guet."

„Aber Walscher ischt es koaner, gell?"

„Na, er ischt a Deutschländer. Aber hie und 'da, bal es ihn packt, hebt er an so saumäßig zu reden, griechisch ischt dös. Und woaßt, Schluiferer, dös fürcht i. Dös ischt so Brauch bei die alpinen Schriftsteller, dö alles glei in die Zeitung schreiben müessn. Und die Deutschländer tüen dös extrig gern. Wia weiter wöck von die Berg, wia besser geaht dös Schreiben!"

„Da mach dir lei koa Sorg nit, Much, tue lieber wieder a bissele schnapseln, kimm. Und bal er eppes schreibt, nacher laugnst es einfach wöck und i mach dir an Zeugen!"

Der Schluiferer neigt langsam die Flasche höher. Wie der Much absetzt, fragt er: „Wia tuets?"

„Tuet woll, hiez", meint der Much, stützt sich auf und will gehen.

„Liegen bleibst, du Höllsakra, du", schimpft der Schluiferer, „hascht ja no koa bißl Farb im G'sicht und die Knie naggeln no allweil vor lauter Krampf. Liegen bleibst, bis dein Herr mit seiner Ansprach fertig ischt!"

„Da kannst lang warten, Schluiferer. Bal er dös Büechl hint ausgschrien hat, fangt er von vorn wieder an. Auf der kloan Zinn, hat er mir zwoa Stund lang die Ohrwaschl vollg'sungen... ganz damisch bin i worden. Bal er dreimal mitm Büechl fertig ischt, nacher tuet er no schiecher, da hebt er auswendig an..."

„Auf dös Gspiel wartn m'r no, Much. So verruckte Herrn siecht ma nit alle Tag. Der Meinige ischt anders."

„Wo hascht'n denn?"

„Aufm obern Band hab i'n in die Sunn g'hängt, an Bozner Hofrat. Der tuet nix als fressen. Wia höher auen, wia hungriger wird er!"

Eine Weile ist es jetzt still. Nur der Wind springt aus den Wänden und von unten ertönen, abgerissen, wie sie der Wind aufnimmt und in die Luft wirft, die ewigen Verse Homers.

„Narrisch bischt woll mit dein Edelweiß", sagt der Schluiferer und wirft die leere Flasche seitaus in die Tiefe, „wia kannst denn so spinnen und ausm Seil geahn..."

Der Much schüttelt den Kopf und schweigt. Er schaut gradaus in den blauen Himmel, wo kleine, weiße Wolken daherschwimmen. Eine Weile schaut er ihnen zu. Dann sagt er plötzlich: „Du, Schluiferer, hiez mueß i di fragen . ... hascht du dös nia ghabt?"

„Was?"

„Dös . . . dös Wurln so . . . dös Graben halt so . . ."

„Du moanst dös, bal es oan so ins Bluet einschießt?"

„Dös moan i!"

„Woll, dös hab i ah ghabt. Früher halt. Woaßt woll, dös ischt so: Z'erscht, bal ma no kloan ischt, da kemmen die Masern und der Keuchhuesten und der Scharlach und dös ganze Zeug. Und nacher bal dös richtig um ischt und bal ma aus an Buebm a Mannsbild wird, nacher kimmt dös ander.

Derwischen tuets an jeden. Den oan halt lei so a bißl, halt grad, daß es ihn stroaft. Den andern schmeißt's wieder ganz höllisch um, daß er ganz damisch wird. Je nach dem, wia halt die Natur bei an Menschen ischt. Mi hat's grausig wild packt.

Ganz schiach hat's mi g'habt. Umtrieben hat's mi, Tag und Nacht. Von oaner Tanzmusi auf die andern! Koan Schützenball hab i auslassen zwischen Toblach und Lienz. Bis auf Bruneck hats mi trieben und allweil hinter dö Kittel her, hinter dö Weibsmenscher, dö kreuzverdammten.

Allweil bin i mit die andern Mannsleut, dö akrat so damisch waren wia i, übers Kreuz kemmen, wia die Hahnen, bal sie aneinandfliegen. Da hats ganz und gar nix geben und bal es der böschte Freund war, die Zaunlatten hab i ihm übern Schädel g'haut, daß dös Bluet bei alle Löcher dahergschossn ischt. G'raaft hab i, daß die Fetzen g'flogen sein. An Hax hätten s' mir bald abgschlagen. Fünf Stich hab i hoambracht von der Sillianer Kirchweih. Löcher ham sie mir ins Hirn g'schlagen und nit bin i gscheiter worden. Auf hab i müassn mitten bei der Nacht, als a Halbshiniger, ob i mögen hab oder nit. I hab g'wißt, daß sie mir fürpassen, ihrer sechse. Aber nix hat's gnutzt. Hintrieben hat's mi. Halb derschlagen ham s' mi, ehvor i no die Loater ang'legt hab ans Fensterbrettl. Und da hab i koa Rueh nit g'habt, bis i nit wieder aufm höchsten Sprissel gstanden bin, beim Kammerfenster."

„Akrat so is', Schluiferer, akrat wia du da sagst . . ."

„Nix Guets hab i nit ghabt mit dö Weibsmenscher, dö kreuzverdammten. Die schwaarsten Herren hab i verpaßt. Die böschten Wänd sein mir auskemmen, wia die Zwölfer-Ostwand und die Cima Popera, weil i grad dö oanzige Wand im Kopf hab g'habt, dö zu dem sölln Kammerfenster geaht, versteahst woll. Ganz aufm Hund bin i kemmen mit dö Luedern, dö miserabligen . . ."

„So is, Schluiferer, ganz aufm Hund . . ."

„Nacher — Gott sei Dank — nacher hat si dös so langsam g'legt. Wia's oan halt nach an Fieber no hie und da beutelt und schmeißt, so hat es mi no etlichsmal gschmissen. Aber nimmer schiech. Und hiez — hiez schaug i sie gar nimmer an, dö Luedern, dö schlechten. Gar nicht achtgeben tue i, dös ischt dös böschte, was oaner tüen kann."

„Da haschst hiez ganz recht, Schluiferer, gar nit achtgeben sollt man auf dö Luedern, dö schlechten, dö miserabligen . . ." — — —

Und in der gleichen Nacht noch rennt der Much, so schnell er nur kann, den langen Weg hinaus ins Dorf ...

„Heut woll!" sagt er schneidig, stellt die Nagelschuhe unter den Scheiterstoß und schlupft in die Kletterpatschen.

Dann spreizt er zu dem alten Wandbirnbaum hinüber, greift in die Äste.

„Heut woll!" pfeift er, wie er vor dem Kammerfenster steht und den Finger krumm macht.

Er horcht.

Hören kann er nichts. Alles liegt still wie in der ewigen Ruh. Nur der Brunnen vor dem Haus pritschelt in den Trog.

Da klopft er heimlich an die Scheiben.

„Mali?"

Wenn ein Windstoß um das Haus springt, spritzt das Brunnenwasser über den Trog hinaus ins Gras. Dann ist es so still, daß der Much oben auf dem Wandbirnbaum seinen Herzschlag hört, wie er ganz wild auf- und niederspringt.

Wieder klopft er.

„Mali, hö!"

Es ist eine schmale Astgabel, in welcher er steht. Jetzt spürt er wieder den Krampf und schmerzhaft zuckt es in den Knien. Härter schlägt er mit dem Knöchel gegen die Scheiben.

„Mali, hörst mi nit?"

Da wird plötzlich Licht in der Kammer. Ein Fensterflügel kreischt in den Angeln.

„Mali, i kimm lei sagen ..."

„So a Lotter, a schiecher! Hiez steigt er schun aufm Wandbirnbaam . . .“

„Mali, tue nit so laut! I bringt dir lei was! Schaug . . .“

„Obi steigst, sag i, du Lotter, du grausliger! Moanst i bin so oane, dö die Mannsleut das Kammerfenster auftuet, ha? Hiez steigst auf der Stell obi auf dein Scheiterstoß . . .“

„Mali, schaug, was i dir bring . . .“

„Deine Edelweiß brauch i ganz und gar nit. Bal eppes willst, wirst woll die Haustür z'finden wissen, moan i. Und hiez geahst . . .“

Wieder kreischt der Fensterflügel. Die Kerze erlischt.

„So is'!“ sagt der Much und schlupft in seine Nagelschuhe.

Dann rennt er wieder, drei Stunden lang, den Weg hinein ins Tal; denn der Herr will keinen Rasttag halten, weil er, wie er sagt, auf dem Schuster oben genug gerastet hat. In aller Früh will er wieder fort hinüber zum Cristallo. — — —

Wie der Much im ersten Morgengrauen zur Hütte kommt und noch eine halbe Stunde auf den leeren Strohsack kriechen will, sitzt der Schluiferer auf der Britsche und lacht.

„Bischt da hiez von deiner Nachtroas?“

„Dös siachst woll!“

„Much, di hat's arg! Du hebst mir an zu derbarmen!“

„I brauch dir gar nit derbarmen!“

„Deine schian Edelweißstern stecken alle siebene no aufm Huet. Also hat sie deine Bleameln nit angnummen. Dös ischt viel ärger, Much, als hätt sie mit boade Händ

darnach griffen und hätt dir dös Kammerfenster sperr-
angelweit auftan. Woaßt, dö so gach da sein, dö spannt
ma leicht wieder aus. Aber dö einen stundenlang unterm
Kammerfenster steahn lassen, dös sein dö Ärgsten. Da
bal amol oaner dranhängt..."

„Nix häng i dran, gar nix!"

„Laß dir sagen, Much, i kenn dös Gschäft. Wer so,
wia mier, a rechtschaffener Bergmensch ischt und si Tag
für Tag mit seine Berg schinten und plagen mueß, weil
sie koa Berg, der eppes wert ischt, leicht und willig
gibt, wer si g'freut, bal die Wänd no schiacher werdn
und die Riß no enger, weil es nacher erscht dös richtige
Leben ischt, so an Berg derzwingen, der haltet es akrat
so wia mit die Berg, aa mit die Weibsleut. Was gar so
billig und leicht hergeaht, dös mag er nit. Koa Wand
ischt auf das erschtmal zwungen worden..."

„Erschtmal?... Bal i schun sieben Wochen..."

„Sakra, Sakra, Much, nacher ischt es kritisch. Da red
i liaber nix mehr!"

Da steht der Much auf, reißt den Edelweißbuschen
von seinem Hut und schimpft: „Nit achtgeben sollt ma
auf dö Luedern, dö schlechten, dö miserabligen..."

Verheiratet — aber nicht ganz

Vor dem „Dolomitenhof" im Fischleinboden stehen die Herrschaften beisammen, mit Ferngläsern und Feldstechern bewaffnet, deuten aufgeregt in der Luft herum und suchen die wilde Nordwand des Einser ab, die aus den grünen, stillen Wiesen des Talgrundes in den Zug der Wolken emporsteigt.

„Bal die Herrschaften hiez schaugn, hiez hab' i'n", erklärt der junge, stattliche Wirt, „da geaht dös söll Schuttkar zur Wand hin, dös lange, dös dreigespitzte. Da schaugn m'r so weit auen, bis mier nix mehr söchen, lei dö schwarze Schlucht, aus der pfeilrecht die Eisrinn aufschießt, drei Kirchturm hoch. Die hoche Eisrinn schaugn m'r so lang auen, bis sie nimmer da ischt und die schwarze Wand oben steht. Die Wand geahn m'r wieder in die Höh, bis der söll gelbe Überhang drein ischt. Bal die Herrschaften guet schaugen, söchen sie mitten drein an schwarzen Punkt. Dös ischt der Stabeler Much."

„Fürchterlich!" sagt die alte Baronin Hattersleben und schüttelt den Kopf, daß ihre schweren, goldenen Ohrringe klirren. „Es ist der helle Wahnsinn. Der Mensch schwebt ja senkrecht über... über dem Tode. Sieh nicht hin, Ursel!"

Aber Ursel, die junge blonde Komteß, ist ganz verzückt und läßt das Fernglas nicht von den Augen: „Fabelhaft dieser Mann! Wie er da kühn oben steht! Einfach großartig! Schau nur, Tante, jetzt..."

„...hiez ziecht er si auf. Dös ischt der gelbe Überhang, wo der Münchner Herr vorigs Jahr ausgfallen ischt. Der Kaßlatterer Girgl ischt da ah nit drüber kemmen. Der ischt so dreingsteckt, daß er nimmer für und nimmer z'ruck gwißt hat. Mit drei Seil ham' m'rn aus der Wand klaubt. Leicht ischt so was nit. Bal die Herrschaften schaugen: Hiez reckt er si auf und suecht an Griff. Aber da ischt koaner. Bal da a Griff waar, nacher waar es nit schwierig. Er findt nix. Er suecht auf der andern Seiten. Da ischt es aa nit besser..."

„Ursel!" ruft die Baronin streng, „dein Kaffee wird kalt und Schuschu wird ausgeschlafen sein!"

Aber die Komteß ist ganz hingerissen: „Jetzt... jetzt zieht er..."

„Jetzt zieht er den Fuß auf und reckt si über den Fels. Es ischt dös Böschte, was er tüen kann. Griff sein koane, also mueß er si einfach drüberschwindeln, mitm ganzen Gwandzeug föscht an den Felsen hin und schian stad aufsteahn, bis..."

„...bis?" kreischt die Baronin aufgeregt, „bis er so wie der andere, der arme Münchner... Ich finde es frevelhaft, einfach unverantwortlich. Ich begreife nicht, wie die Behörde so etwas ruhig dulden kann. Bei jedem harmlosen Rasenfleck schreibt sie hin: „Betreten verboten!" und hier, hier sieht sie ruhig zu, wie ein Mensch mit dem Tode spielt."

„Aber Tantchen, er spielt ja nicht. Und außerdem, glaube ich, er hat ja schon wieder einen Griff. Nicht wahr, Herr Wirt?"

„Freili hat er oan und an guetn! Ham die Herrschaften g'söchen, wia er tan hat? Ums gelbe Überhangl hat er si drübergschwindelt, lei so mitm ganzen Gwandzeug und nacher hat er gach nach der Seiten ausgspreizt und den obern Griff derwischt. Hiez schmuggelt er si nachm Riß auen. Dö Wand ischt hiez sein, dö nimmt ihm koaner mehr."

„Ursel, dein Kaffee!" sagt die Baronin scharf, wendet sich herum und nimmt der Komteß das Glas von den Augen.

„Dös hab i allweil g'sagt", meint der Wirt, „der junge Stabeler, der wird amol a gueter Steiger, a ganz a erschtklassiger. Der hat dös Bluet von sein Vater." — — —

Am Abend, wie der Much aus den Felsen kommt und nach dem Gamswegl niedersteigt zum „Dolomitenhof", weht ihm ein sonnenhelles Seidenkleid um die Waldecke entgegen und ein junges Mädchen gaukelt und tanzt wie ein Schmetterling über die Wiesen daher und winkt:

„Herr Stabeler ... ach, wie schön, daß Sie endlich da sind! Herrlich ...! Ich frage Sie — es handelt sich um meine Tante — sind Sie verheiratet?"

Der Much bleibt stehen und schaut auf das bildsaubere Mädel nieder, zwei klare Augen, ein Gesichtl wie Milch und Blut, jung und schlank und ganz sakrisch nobel.

„Fräulein", sagt er und lupft den Hut, „bal Sie so durch die Wiesen wascheln, kriegen Sie nasse Füeß!"

„Ach, Herr Stabeler... es handelt sich nur darum: Sind Sie verheiratet? Nämlich meine Tante will mich nur einem Manne anvertrauen, der verheiratet ist. Verstehen Sie?"

„Na, dös versteh i nit, Fräulein. Bei üns suechen die jungen Weibsleut allweil söllene Mannsbilder, dö no nit verheiratet sein!"

„Nicht so, Herr Stabeler", sagt die Komteß und wird über und über rot, „einem Bergführer anvertrauen, der verheiratet ist!"

„Da fahlts grob bei mir, Fräulein!"

„Aber Herr Stabeler, Sie könnten doch..."

„Na, i kann nit, Fräulein. Zum Heiraten g'hören allmol zwoa."

„Nein, ich meine, Sie könnten doch einfach sagen, daß Sie schon verheiratet sind."

„Mit söllene Sachen soll man koane Dummheiten nit machen, Fräulein. Dös redt si umanand. Nacher ischt amol oane, dö mir recht guet gfallet. Dö hört, was die Leut reden und mag mi nacher nit, weil si moant, es ischt alles wahr, was g'redt wird."

„Ach, nein, Herr Stabeler, meine Tante..."

„Die Tant hat ja gnue verheiratete Führer zum Aussuechen. Da ischt der Larcher, beispielsmäßig, schwaar verheirat, a bißl krump geaht er, aber sünst a grader

Michl. Oder der Gurfler, a siebenköpfiger Familienvater, a bißl a Kropfsackl hat er, aber dös ischt nit so arg. Der Böschte für die Tante waar aber der alte Tschurfeler. Er tuet zwar Tabak kuien, was die Herrschaften nit leiden mögen, wia i glaub', aber der waar halt schun a Großvater ..."

Da muß die Komteß so lachen, daß sie sich völlig verschluckt. Der Much klopft ihr den Rücken.

„Mit einem Großpapa!" lacht sie und springt davon.

Der Much geht den Weg hin zum Gasthof. Der Wirt kommt ihm entgegen und schüttelt ihm herzhaft die Hand.

Dann sind die Führer alle da und die Herrschaften. Sie halten die Weingläser hin und lassen den Much dreimal hochleben, daß es in Wald und Berg fröhlich widerhallt.

Die lange, zaundürre englische Miß baut dem Much das Stativ vor die Nase hin und nimmt ihn gar photographisch auf.

Von Tisch zu Tisch trinken die Gäste dem Much zu und überall soll er seinen endslangen Namen in Büchln und auf Karten schreiben, was ihm mehr Plag macht, als die ganze Wand.

Alles ist in froher Bewegung, nur die alte Baroneß sitzt in eisiger Ruhe abseits auf der Terrasse, in Tücher und Schals gehüllt, und streichelt ihren weißen Seidenpinscher, den sie im Schoß hält.

Die Komteß zieht den Stabeler aus dem Trubel auf die Terrasse hin: „Tante, hier! Das ist er, der Stabeler Much!"

Der Much bleibt vierschrötig vor der Baronin stehen, lupft ein wenig den Hut und sagt: „Ja!"

„Schweig, Schuschu!" fährt die Baronin auf und klopft ihren Pinscher aus. Dann rückt sie tief in den Lehnstuhl zurück, klappt ihr goldenes Lorgnon auf und hebt es an die Augen.

Unbeweglich steht der Much da, breitbatzig, wie aus Stein hingestellt, und läßt die Baronin an sich auf- und niederschauen.

„'s Anschaugn ischt dös Oanzige, was bei mir nix kost", denkt er, „hat die Katz aa umsünst den Bischof anschaugn dürfn!"

Er blast den Brustkasten auf und macht sein „gewinnendstes" Gesicht.

Die Baronin prüft ernst eine Partie nach der andern.

Aber die Komteß kann nicht warten und springt quecksilbrig auf und nieder. „Sie haben ihn sogar photographiert, Tante", ruft sie, „er kommt in die englische Presse..."

„Schuschu!" sagt die Baronin streng, ohne ihre Beobachtung auszusetzen.

„In was für a Preß kimm i?" fragt der Much unbeweglich, ohne die Lippen zu rühren.

Die Komteß zuckt bloß die Achseln, springt auf die andere Seite und sagt: „Und der Wirt behauptet, er sei der beste von den jungen Führern, Tante."

„Schuschu!" blickt die Baronin scharf auf und fragt: „Was heißt jung?"

„Jung und schon verheiratet", ergänzt die Komteß schnell.

„Oha!" sagt der Much. Aber er traut sich nicht zu rühren; denn die Baronin zielt schon wieder auf ihn.

„Schuschu!" sagt sie und zaust dem Pinscher die Haare. „Was spricht der Mann?"

„Er meint, Weib und Kind ..."

„Oha", lacht der Much, „Kinder ah no, dös ischt epper woll z'viel!"

„Kinder nicht", kichert die Komteß und dann plappert sie französisch los, daß dem Much Hören und Sehen vergeht.

„Bon", sagt die Baronin und klappert hart das Lorgnon zusammen, „es ist schwer zu verantworten. Allein, mit einem jungverheirateten Manne ..."

Der Much steht voll Geduld da und wartet.

„Und wohin denn, Ursel?" fragt die Baronin.

Da tritt der Much einen Schritt näher; denn jetzt kommt er in sein Fahrwasser. „Lei nit z'gach anfangen", sagt er, „dös ischt dös Saudümmste, was oaner tüen kann: Glei so narrisch in die Berg dreinspringen ohne Verstand und Bedacht. Da ischt nacher glei die Luft vertan, dö im Brustkasten ischt, die halbe Seel ischt heraußen und der arme Führer hat die Schuld. Drum sag i: Lei schian kloan anfangen, brav nach der Reih. Beispielsmäßig: Das Helmele waar a gueter Anfang. Dös ischt dös greane Almbergl da draußen. Da treib i a jeds Kalbele auen ..."

„Genug", deutet die Baronin, „Ursel, der Mann spricht so urtümlich, übersetze!"

„Wir fangen beim Helm an, Tantchen, der grüne Wiesenberg draußen bei Sexten ..."

206

„Glas!" sagt die Baronin scharf. Dann prüft sie mißtrauisch den Berg, der grün und unschuldig draußen steht im Land.

„Daß mir der Führer keine Unüberlegtheiten begeht, Ursel, und dann natürlich nur mit Seil..."

Der Stabeler verbeißt das Lachen. Wie die Baronin aufschaut, sagt er schnell: „Doppelte Seilsicherung! Die Kalbelen ziechn m'r ja ah am doppelten Strick!"

Wieder schaut die Baronin auf, vom Much zur Komteß, von der Komteß zum Helm. Dann geht der Handel zusammen.

„Aber", sagt der Much, „die Gschicht hat no an Haken. I därf da herin im Fischleintal koa Herrschaft nit engaschiern. Dös ischt mir lei aufm Standplatz verlaabt,· draußen in Innichen. Also müeß i bitten..."

„Nichts leichter als das", lacht die Komteß, „morgen früh fahren wir doppelspännig zum „Adler" nach Innichen, gelt Tantchen, und dann..."

„Nacher werden m'r halt dös junge Kalbele aufm Helm auentreiben, der ischt a bissele leichter wia die Einser-Nordwand!" sagt der Much, lupft seinen Hut und geht. — — —

Am andern Tag steht der Adlerwirt mit seinem Samtkappl und der weißen Schürzen vor dem Haus und paßt. Er blinzelt vergnügt die Straße hinauf und reibt die Hände. Wie dann die beiden Apfelschimmel um die Ecke traben, die Straße herab und scharf anprallen vor seinem Tor, macht er ein tiefes Kompliment, schwingt das Kappl und lacht: „Küß die Hand, die Damen!"

„Schuschu!" ruft die Baronin, erschöpft von der weiten Fahrt, und hebt ihren Seidenpinscher aus dem Wagen. Der Wirt nimmt ihn unter den Arm behutsam, daß er nicht zerbricht, und tut den Schlag auf.

Dann steigt die Baronin ins Haus, am Personal vorbei, über die Treppe zu ihren Zimmern und hinterher, schön und heiter wie die Morgensonne selber, die junge Komteß.

Der Wirt trägt den Pinscher nach, die Mari den Sonnenschirm und der Romedi die Koffer.

„Hölltuiflsakra", meint der Romedi zum Wirt, wie er keuchend die schweren Koffer niederstellt, „dös sein halt no so Leut mitm richtigen G'wicht, schwaar und nobel!"

Wie der Wirt in die Gaststube kommt, lacht der Much, der hinter seinem „Spezial" hockt: „Hascht sie drein hiez im Schlagele, die guldenen Vögel?"

„Woll, woll", klopft ihm der Wirt auf die Schulter, ischt dös aber a bildsauberes Gitschele, dö Komteß. Ischt lei guet, daß du schun verheirat bischt, Much!"

Da lachen sie alle zwei, und der Wirt läßt noch einen Liter Roten auffahren für den guten Fang.

Dann, nachdem sich die Herrschaften erholt und umgekleidet haben, wird der Much zu den Damen auf die Veranda gerufen.

Der Pinscher kläfft wieder, als müßt er in der Mitten auseinanderspringen.

Die Baronin schiebt das Kaffeegeschirr zurück, schnappt wieder ihr Lorgnon auf und macht den doppelfinsteren Regimentsblick.

Die Komteß im grünen Jägerkleid nickt schnell, ehe noch die Baronin ihr Lorgnon erhoben hat, dem Much zu, der ebenso schnell mit den Augen zurückblinzelt.

Es ist alles in Ordnung.

Nur als dann später, eingewickelt in hundert gute Ratschläge für den Much und in noch mehr Verhaltungsmaßregeln für die Komteß, die Baronin verlangt, daß Punkt 12 Uhr, als Zeichen, daß sie beide den Gipfel gesund erreicht haben, vom Helmschutzhaus dreimal die Tiroler Fahne geschwungen wird, schaut die Komteß erschrocken auf den Much hin.

Aber der blinzelt wieder mit den Augen und lacht: „Dös ischt leicht tan!"

Die Baronin geht bis zum Haustor mit. Sie besteht darauf, daß der Much die Komteß hier vor ihren Augen an das Seil knüpft. Es hilft alles Gegenreden nichts, bis der Much einen pfundigen Doppelknoten ins Seil haut und der Komteß die Schlinge überzieht.

Die Baronin prüft mit zitternden Fingern den Knoten. Dann muß ihr der Much feierlich geloben, daß er diesen Knoten nicht eher wieder auftut, bis er abends wieder zurückkommt, auftun vor ihren eigenen Augen.

Die Komteß hupft um die Baronin herum, schnalzt ihr links und rechts ein Bussel hinauf und dann geht sie brav am Seil hinter dem Much her, über den Dorfplatz hinauf. Die Leut rennen aus den Häusern und gaffen und lachen hinterdrein.

„Schuschu!" sagt die Baronin und die Tränen kugeln ihr über die Wangen, „sie kommen... niemals wieder ... niemals, Schuschu ... niemals!"

Um das Bäckerhaus herum, schlupft die Komteß flink aus der Schlinge.

„Lei den Knopf nit auftüen", lacht der Much, „dös ischt heilig verlobt und verschworen!"

„Haben Sie meinen Brief bekommen, Much?", fragt die Komteß. „Woll, söll schun, aber . . ."

„Aber?"

„Das Fräulein mueß mir dös z'erscht in mein Führerbüechl bestätigen, daß i aus der Verantwortung kimm."

„Ja, aber das Signal?"

„Dös geaht alles. Ischt ja 's Heiraten ah gangen. Lei schriftlich mueß i's ham!"

Mitten auf der Gassen muß er ihr einen Schreibbuckel machen und die Komteß streicht „Helm, 2433 Meter", aus und schreibt darüber „Haunold, 2907 Meter!"

„Gemacht!" jubelt sie.

Beim Angelus Gufler tritt der Much ein. „Z'erscht den Kasper her!" sagt er.

Er erklärt dem Buben, wie er mittags auf dem Helm dreimal mit der Fahne wacheln muß. Der Gufler gibt dem Kasper die Sackuhr mit, daß er weiß, wann es zwölf ist, und die Baroneß legt drei Silbergulden dazu. Wie ein Pfeil schießt der Bub davon.

Inzwischen tut der Gufler die groben Steigeisen aus der Schuhkisten und bringt den Eispickel. Er schüttelt in einem fort den Kopf, weil der Komteß die Eisen nicht passen wollen und es bleibt nichts anderes übrig, als daß er ihr ein neues richtiges Paar Bergschuh dazu aussucht. Dann schmeißt der Much der Komteß die Hose über die Achsel und der Gufler tut das Kammerl nebenan auf.

Wie die Komteß nach einer Weil wieder heraustritt, fesch in der Hosen und schwer in den Schuhen, da lachen die Mannsbilder und stoßen sich in die Seiten.

„Hiez woll!" meint der Much.

Die Komteß aber runzelt die Stirn, blickt finster rundum und sagt streng: „Aber Schuschu!" Und dann lacht sie, silberhell und voll Übermut und schreit: „Vorwärts!"

— — —

O, es ist ein prächtiges Geschäft, wie der Much das Komteßlein über die Nordwand auflupft und wie dann oben auf dem Haunold die schönste Sonne aus den Wolken tritt und das Land freier wird und groß.

Vorne auf dem Gipfelblock hockt der Much und schaut durch das Nebelloch hinunter in das Dorf.

Da fragt die Komteß auf einmal: „Und wie geht es Ihrer werten Frau Gemahlin?"

„Woaß nit?" sagt der Much.

Die Komteß sieht, daß er ganz ernst ist dabei.

„Much", sagt sie und setzt sich zu ihm auf den Block hin, „jetzt muß ich Ihnen etwas erzählen. Als Sie gestern in der Einser-Wand hingen, bei dem gelben Block, an der kritischen Stelle, da war plötzlich so ein Mädchen da, aus dem Dorf, groß und schlank, ja, so blond, mit einem schmalen Gesicht, sprach nicht viel, aber tat das Glas nicht von den Augen."

„So", sagt der Much.

„Ja, schaute, schaute ... Noch viel später, als alle schon ins Haus zurückgetreten waren, stand sie noch immer an der gleichen Stelle, dieses Mädchen mit den schweren, blonden Zöpfen und schaute in die Wand empor. Ich glaube ..."

„Ich glaub ah ... es wird Zeit, Fräulein. Tüen m'r die Schling mitm Doppelknoten wieder über. Die Sunn steaht schun über die Zinnen und es ischt no a weiter Weg über die Wand ins Tal." — — —

Wie sie durch den Lärchenwald heimzu gehen, bleibt der Much plötzlich stehen. „Sakra", stößt er hervor, „da, beim Wegkreuz unten steaht ja die alte Madam ... und 's Fräulein ischt no in meiner Hosen!"

Unten auf der Straße auf dem Betschemel vor dem Kruzifix kniet die Baronin, in Tücher und Schals gewickelt und wartet. Schon kläfft der Pinscher und bellt herauf in den Wald.

In weitem Bogen durch den Lärchenwald führt er die Komteß hinab und auf Umwegen von hinten ins Dorf. Beim Gufler schlupft sie wieder in ihren Kittel. Dann biegen sie wieder von der Straße ab, steigen durch den Wald hinauf und kommen, brav am Seil, vom Helm her, die Straße herab.

Die Baronin fällt der Komteß um den Hals. „Gerettet!" schluchzt sie und busselt sie ab, ganz narrisch. Der Pinscher zerspringt schier vor Aufregung.

Der Much gibt langes Seil und wartet bei der Zaunplanken bis die Bußlerei vorbei ist. Dann faßt er den Doppelknoten an, macht das unschuldigste Geschau, das er hat, und fragt die Baronin: „Kann i auftüen hiez?" —

Am Abend im Adlerwirtshaus kommt die Komteß schnell über die Stiegen daher. „Much", ruft sie, „Herr Much! Haunold bewilligt! Das heißt also Große Zinne oder so etwas! Tante wird auf der Schusterhütte deponiert. Wir rücken los! Acht Tage, fabelhaft. Aber — die Tante hat sich hier erkundigt, über Ihre ... Ihre Frau, beim Wirt ..."

„Gott sei Dank", sagt der Much, „der Wirt woaß eh, wia schwaar i verheirat bin!"

„Ja, aber die Tante will heute abends an Ihrem Haus vorbeigehen und die Frau sehen!"

„Tuifelsakra, wo nimm i hiez so gach a Weib her?"

Aber die Komteß ist schon dahin.

Der Much streicht durch das Dorf. „Die schwarze Mari geaht für dös nit", sagt er zu sich selbst, „dö ischt ja Adlerwirtskellnerin. Da mueß i mir schun an andere ausleichen. Epper do ..."

Und so hockt er schließlich beim Amlacher auf der Hausbank.

„Mali", sagt er ins Stubenfenster, „i hätt mit dir was z'reden!"

„Red!" sagt die Mali und rasselt auf der Nähmaschine weiter.

„Ich hätt halt gern mit dir da auf der Hausbank g'redt!"

„Es geaht ja durchs Fenster ah. Hascht schun oft gnue durchs Fenster g'redt!"

„Geh, du! Da heraußen red' man si halt leichter!"

„Ischt es so was Schwaars?" lacht die Mali.

„Schwaar nit, aber halt ... es ischt lei auf der Hausbank zum Ausreden!"

„I mag dös nit, daß alle Leut söchen, daß mier zwoa was z'reden ham mitnand!"

„I mag's ja ah nit sünst, aber heut, schaug, Mali, sei gscheit!"

Er beugt sich weiter ins Fenster.

„Was nahst denn da?" fragt er.

„Polsterziachn, siachst woll!"

„Gar Polsterziachn?"

„Was denn sünst?"

„Für was du epper Polsterziachn brauchst, Mali?"

„Dös ischt mei Sach. Dös geaht di gar nix an!"

„Na, dös geaht mi nix an. I brauch ja koane Polsterziachn nit!"

„Epper nit? Auf was schlafst denn du nacher, bal du koane Polsterziachn nit haschst?"

„Mitm Schlafen ischt es bei mir nit hoakel. Die oane halbe Nacht schlaf i eh nit und die andere halbe ischt mir wurscht, ob der Polster a Ziachn hat oder nit!"

„Geah du, Plauscher!" sagt die Mali und rasselt wieder mit der Maschin, „du wirst epper aufm nacketen Strohsack liegen, ha?"

„Gueten Abend, Much", sagt da eine fremde Stimme. Es ist die Hausmutter, die Amlacherin, die sich zum Much auf die Bank hockt.

„Gueten Abend", sagt der Much und will schnell gehen. Aber im gleichen Augenblick saust schon kläffend der Seidenpinscher um die Ecken.

„Mistviech, geahst nit!" stößt der Much hin und rückt in den Hausschatten.

Aber der Hund schnappt nach den Hasenöhren und schon kreischt die Baronin auf: „Schuschu! Aber Schuschu!"

Jetzt wetzt der Much auf der Bank hin und her, lupft den Hut und steht auf.

Die Baronin nimmt ihr Lorgnon und mustert das Weibsbild auf der Bank.

„Dös ischt sie nit...", sagt der Much schnell, „die ... die Meinige, dö ... ischt nit da. Dös ischt ja lei die ... die Schwiegermutter!"

„Schuschu!" fährt die Baronin auf und schüttelt den Kopf. Aber die Komteß, die kaum das Lachen verbeißen kann, flüstert ihr etwas auf französisch ins Ohr.

Da beugt sich die Baronin durchs Fenster. „Ah", sagt sie und schaut musternd durch ihr Lorgnon, „die Frau Gemahlin ..."

Die alte Amlacherin weiß nicht, wo aus, wo ein. Sie schaut den Much an, der mit eingezogenem Kopf auf der Bank sitzt, und alles laufen läßt, wie es läuft.

Die Mali wird blitzrot, beugt sich tiefer über ihre Polsterziehen und rasselt fürchterlich mit der Maschin.

„Hübsch!" sagt die Baronin und schnappt ihr Lorgnon zurück.

Allmählich, wie nach einem Hochwetter, das langsam vorüberzieht, steckt der Much den Kopf wieder heraus und prüft die Luft.

Die Herrschaften sind nicht mehr da.

„Mali?" fragt der Much. Da knallt das Fenster zu.

„Much?" fragt die Amlacherin. Aber der Much, als hätt er etwas gestohlen, rennt schon die Gasse hinunter.

Er rennt den alten Schluiferer völlig über den Haufen.

„Hö, auf!" schreit der Alte, „was bedeut denn dös hiez, ha?"

Der Much schreckt auf.

„Was?"

„Hascht wieder mit Weiber z'tüen ghabt, ha?"

„Weiber?" fragt der Schluiferer.

„Ja", sagt der Much, „und glei mit viere auf oanmal!"

„Tuifel, dös dergibt!"

„Ganz damisch bin i", meint der Much, „aber recht
hascht, Schluiferer, nit achtgeben sollt man auf dö
Luedern, dö schlechten, dö miserabligen!"

ie Richtige am Seil

„Hö, Much! Telephon!" schreit der Hausknecht vom Adlerwirt über den Platz hin, wo der Much auf der Führerbank sitzt und grad ausrechnet, wieviel Gulden er heut abend im Hosensack hätt, wenn er jetzt einen geldschweren Herrn über die Haunold-Nordwand aufziehen könnt, die so wunderschön in der Morgensonne oben steht.

Mit ein paar langen Sätzen steht er vor dem schwarzen Kastl und schreit hinein: „Ja, was ischt?"

„Bischt es du, Much?" fragt eine Stimme.

„Ja! Wer bischt nacher du?"

„Da redt der Schluiferer senior, Johannes Schweigl, woaßt woll. I bin da herin im Innerfeld beim Badlwirt, versteahst mi woll?"

„Guet versteah i di, Schluiferer! Du mi ah?"

„Woll, woll! Es tuet. Alsdann, daß i zur Sach kimm. Da hockt neben meiner so an englisches Weibsbild, nobel und bergmäßig beinand. Aber halt ganz stockenglisch, koa Wörtl nit deutsch. Der Wirt und i, mier zwoa ham zsamg'redt mit ihr und so weit sein m'r deutsch worden, daß sie aufm Haunold möcht, mitm old Stabeler, versteahst?"

„Versteah woll!"

„Hin", hab i gsagt und bjn tot umgfallen, „es lebt lei no der junge, der Sohn, und i, der Schluiferer, dem alten Stabeler sein böschter Freund!" „Well, well", hat sie gsagt, „der jung Stabeler." Und hiez sag i dir's halt, wia sie gsagt hat, hörscht?"

„Guet hör i di, Schluiferer!"

„Kimmst halt einer mit Pickel und Seil. Aber bal du nit geahn magst, geah i halt selber, wann i ah sünst nit gern mit einer Weibernen ans Seil geah, dös woaßt. Aber bal du selber halt nit geahst . . ."

„Woll, woll, i geah schun!"

„Nacher ischt guet. Nacher kimmst halt. I hab ausgsprochen. Danke, Ende."

„I dank ah, Ende!"

Wie der Much zum Badlwirtshaus hineinkommt, sitzt der Schluiferer mit dem Wirt in der Stuben und kartet auf Mord und Brand.

„'s Gott, Much", sagt der Wirt, „a Halbele, ha?"

„Na, i hab koa Zeit nit. I suech mei englische Dame!"

„Bis du amol aus dein Bau schliefst, du Murmeltier, du stinkfauls", schreit der Schluiferer und trumpft in die Tischplatten, daß es dröhnt. „So, du Krautwirtl, du, hiez mueßt Farb bekennen! Herz ischt aufgschlagen . . ."

„Wo hascht sie nacher, die englische Miß, Schluiferer?" fragt der Much.

„Eingsteckt hab i sie, da in mein Hosensack, du Dolm, du. Vorausgegangen ischt sie, nach der Markierung, bis zum Viechstadel auf der dritten Wiesen!"

„Saufst epper do a Halbele, Much?" fragt der Wirt.

„Na", sagt der Much, „i mach mi glei durchauf!"

„Wird gscheiter sein", sagt der Schluiferer und streicht die Kreuzer ein, „die englischen Frauenzimmer, dö rennen wia die Windhund!"

Der Much greift fest aus, den Hohlweg hinauf durch den Lärchenwald übers kalte Bründl. Aber er kann seine englische Dame nicht einholen. Erst nach einer geschlagenen Stunde, wie er schon in Schweiß und Dampf über die dritte Wiesen satzt, sieht er sie beim Almstadel oben hocken. In der Sonne sitzt sie und wartet.

„Glei!" sagt der Much und ruft sie an und steigt auf den Stadel zu.

Aber je näher er hinkommt, je weniger englisch kommt ihm das Frauenzimmer vor, bis er ...

„Du?" fragt er.

Und „Du?" fragt sie zur gleichen Zeit.

Er schaut rund um den Stadel.

„Was tuest denn du da, Mali?"

„Warten!"

„So. Und haschst du koa Dame gsöchen?"

„Haschst leicht dei Dame verloren?"

„Verloren nit, i hab sie no gar nit gfunden."

„Gspaßig, was du mit deine Damen alles treibst. Bischt leicht wieder verheirat heut?"

„Geh, du! Mir ischt gar nit zum Dummheiten machen. Es ischt an englische Miß. Woaßt woll, dö rennen narrisch wia die Windhund. Sie mueß da fürgangen sein!"

„Da ischt nix fürgangen. I hock schun die dritte Stund da, ganz alloan."

Der Much schaut hinunter über die Wiese, wo der letzte Baum steht, der großmächtig rot-weiß markiert ist.

„Bal sie ah koan Brocken nix deutsch versteaht, aber so a Pfundsmarkierung mueß dös Weibets woll versteahn. Epper daß i sie nachm Bründl, wo i den kürzeren Weg gangen bin, übersöchen hab! Wart i halt a Weilele!"

„Mit Verlaub!" sagt er. Dann hockt er sich auf die Bank hin. Die Mali rückt ans andere End hinaus.

„Brauchst nit so weit wöckrucken. I hab Platz gnue!" sagt er und fischt das Specktrumm aus seinem Rucksack. Dann schneidet er mit dem Stichmesser daran herum.

Eine Weile ist es still zwischen den beiden.

„Soll i dir ah so a Trümml oberschneiden, Mali?" fragt er nach einer langen Zeit.

„Na, i hab grad z'erscht gessen!"

„So. Ischt ah recht!"

Der Much, wie er fertiggessen hat, wischt das Messer an seine Hosen, dann wischt er die Finger hin. Drauf schaut er wieder nach seiner englischen Miß aus. Aber es rührt sich nichts.

Drüben im grünen Lärchenwipfel pfeifen die Blaumeisen.

„Auf wen wartst nacher du, Mali?"

„Halt so!"

„Epper bin i dir da im Weg, ha?"

„Na, von mir aus kannst schun hocken bleiben!"

„Ja, bal du epper auf a Mannsbild wartst, auf an jungen Jager oder auf so oan, da will i dir ganz und gar nit im Weg sein!"

Jetzt lacht die Mali, daß es hell wie ein Bergwasserl über die Almwiesen springt.

„Was lachst denn?" fragt der Much zwider.

„Weil der, auf den i wart, krump ischt und kropfet und schun den Siebzger aufm Kreuz hat . . ."

„Leicht der Stausl, enker Schafhalter!"

„Akrat der!"

„Dös versteah i nit. Was geahst ihm denn nit entgegen, bal er von der Alm herkimmt?"

„Weil er gschrieben hat dem Vater, er braucht gach a Stoanöl fürs kranke Böckl. Es waar gnue, bal i dös Flaschl zum Viechstadel bringet, weil er eh ober mueß so weit mitm Kas!"

„Gschrieben sagst?"

Die Mali zieht einen Zettel aus dem Schürzensack und langt ihn dem Much hin.

„Dös hat der Stausl gschrieben", sagt sie, „und der Schluiferer, der grad mit sein Herrn vom Berg ober im Abstieg war, hat üns dös Papierl bracht."

„Der alte Schluiferer, sagst?"

Der Much dreht und wendet den Zettel nach allen Seiten. Dann schüttelt er den Kopf: „Seit wann kann denn der Stausl schreiben, ha? Dös — dös ischt dem alten Schluiferer sei Gschreibets. Dös woaß i gwiß. Dös kenn i von die Gipfelbücher. Und überhaupt, mir geaht hiez a Liacht auf. Ja, Himmelhöllkreuzseiten, lang gnug hat es gedauert, scho völlig a ganze Latern geaht mir auf . . ."

Aufspringt er und schreit: „Der Sakrawolltssakra, der Schluiferertuifl, der schölchaugete, aber der bald mir unter die Finger kimmt! Alles ischt Schwindel! Dein Stausl und mei englische Dame! Der Hundsbue, der windige! So für Narren halten! Dös hat er lei alles tan, daß ... daß mier zwoa ..."

„Mier zwoa moanst?"

„Ja, daß mier zwoa da zsammkemmen."

„So moanst? Dös ischt aber ... grundfalsch ischt dös vom Schluiferer", sagt die Mali,· „da siecht man, wia falsch die Leut sein ... Und dahoam 's Haus voller Arbeit und ... die Muetter ischt eh nit am böschten beinand. Sündhaft ischt dös ..."

„A Todsünd ischt dös, a himmelschreiete! Zwoa Arbeitsmenschen da auerfoppen. Und überhaupt, der alte Schluiferer, von dem laß i mi schun gar nit zsammspannen. Der redt eh so schiech von die Weibsleut, von dö Luedern, dö schlechten, dö miserabligen, wia er allweil sagt. Der hat dös schun gar nit not, daß er zwoa Leut, dö si rechtschaffen guet versteahn, gell, Mali ..."

Er schaut seithin und nimmt ihre Hand.

„Reahr nit, Mali, hiez ischt es schun gschöchn!"

Eine Weile sitzen sie still nebeneinander und halten sich an den Händen.

„Hiez geahn m'r halt wieder hoam", sagt sie.

„Ja, dös tüen m'r, Mali!"

Aber sie bleiben still auf ihrer Bank sitzen, eine lange Zeit.

Blaumeisen in hellen Schwärmen schwingen durch die Wipfel. Über das lichtgrüne, zarte, feine Lärchengeäst baut sich die Haunold-Nordwand auf, kühn in einem einzigen stolzen Schwung bis in den Himmel empor.

Der Much steht auf. Breit stellt er sich hin, schaut hinauf zu seiner Wand und lacht.

Dann schüttelt er die knochigen Fäust hinunter gegen das Tal: „Hiez grad erscht recht und Tod und Tuifl z'Trutz! Nit lassen mier üns auslachen. Mier selber, Mali, mier lachen über dö andern da unten!"

Er wirft den Rucksack über, hängt das Seil über die Achsel und sagt: „Mali, über die Nordwand führ i di auen!"

„Du . . . mi?"

„Ja, i di! Grad die andern z'Trutz!"

„I . . . i kann dir ja . . . nix zahln, Much?"

Da lacht er. „Heut gilt koa Tarif nit! Heut führ i aus lauter Vergnügen! Lei, weil's mi freut!"

„G'lüsten tats mi woll", sagt die Mali, stellt sich neben ihn hin und schaut hinauf in die hellen Felsen, die in der Morgensonne leuchten. „Der Haunold schaugt mir ja grad in mei Kammerfenster und allweil, von Kind auf schun, hab i mir denkt, wia dös fein waar, amol da oben steahn, ganz aufm höchsten Stoan, wo nix mehr über mir ischt, lei der Himmel, ganz zum Dreingreifen . . . Aber es ischt halt wegen der Arbeit dahoam . . ."

„Dö rennt dir nit davon!"

„Dös ischt ja ah wieder wahr und die Muetter, kimmt mir für, ischt dö Wochen wieder a bißl besser. Es ischt halt wegen der G'legenheit, weil mier schun alle zwoa so weit heroben sein und du hascht Pickel und Seil bei dir und nacher . . ."

„Nacher?"

„Weil i halt nacher gern amol söchen möcht, wia so a Bergführer in die Felsen tuet."

„Dös kannst nacher glei söchen!"

Der Much steigt das schmale Wegl hinauf, die Mali hinter drein. In den Almwiesen, die noch naß sind vom Tau des Bergmorgens, stehen dunkle Prünellen und gelbe Arnikasterne. In weiten roten Flächen blüht der Almrausch. Die Blaumeisen steigen höher und füllen die Luft mit ihrem Lärm.

„Siachst, Mali, da enten, bei dem schiachen Felsen ischt amol der Joch ausgflogen aus der Wand und obi in die Schuttgassen", zeigt der Much, „und da über die Ostwand sein m'r auen, mier zwoa mitm Strickl von der Totenglocken!"

Sie gehen das breite Grasband hinüber zum Einstieg. Tiefer sinkt der Wald hinunter, eng schlieft das Dorf zusammen, Wolkenschatten springen über das Bergland.

„Da ischt der Vater selig g'sessen, wia er 's löstemal auer ischt auf sein Berg. Er hat es kaum mehr derschnaufen künnen. Bucklkrax hab i'n tragen, dös löste Stuck, auen zum Kreuz. Da hat er mier'n nacher vermacht, den Haunold, sein Berg."

Jäh schießt die Nordwand auf. Der Much wirft das Seil aus und macht die Schling.

„Dös Seilele, dös liabe, dös ischt mei Taufgschenk. Da heroben hat es die Baroneß Rolanda verlobt, sölbigsmal, wia i auf die Welt kemmen bin!

Er tut ihr die Schlinge über und zieht den Doppelknoten zu.

224

„So", lacht er, „hiez bischt amol drein in der Schling. Hiez kimmst mir nimmer aus!"

Da lacht die Mali und sagt ganz ernst: „Ziach lei föscht zue, Much!"